MURDER PARTY

Murder Party

Ludovic Marin

Roman

« Quel imbécile que je suis, s'écria Poirot.
Tout cela est tellement limpide !
Vous ne trouvez pas ? »

Mrs McGinty est morte (1952)
Agatha Christie

PROLOGUE :
Une affaire d'identité

« La vie, mon cher, est infiniment plus étrange que tout ce que l'esprit humain pourrait inventer ! Il y a certaines choses que nous n'oserions pas concevoir, et qui sont pourtant de simples banalités de l'existence… »

Une affaire d'identité (1891)
Sir Arthur Conan Doyle

1

Tyler Waltham était assis à son bureau, en train de rédiger avec application un compte-rendu épouvantablement rébarbatif à propos de la dette nationale, quand la jeune femme frappa à la porte et entra dans la pièce sans même y avoir été invitée.

— Oh, excusez-moi !, s'exclama-t-elle en apercevant Tyler de l'autre côté du bureau.

— Vous désirez ?

— Euh… non, rien ! C'est la première fois que je viens dans cette partie du bâtiment, et je dois déposer ce dossier à un certain Monsieur…

Elle jeta un coup d'œil furtif à la grande enveloppe kraft coincée contre sa poitrine.

— Monsieur Marston.

— Vincent Marston ? C'est le bureau tout au bout du couloir. On vous a probablement mal renseignée à l'accueil.

— Oui, ou bien j'ai mal compris. Vous m'en voyez navrée, Monsieur ?

— Waltham. Tyler Waltham.

Tyler décela une timide rougeur sur les joues de son interlocutrice.

— Eh bien, je ne vous dérange pas plus longtemps, Monsieur Waltham. Encore désolée !, ajouta précipitamment la jeune femme avant de s'éclipser aussi vite qu'elle était apparue.

— Attendez !, tenta Tyler. Comment vous appelez-vous ?

Mais il était trop tard. La visiteuse était déjà loin dans le couloir, comme en témoignait le son affaibli et diminuant de ses talons sur le carrelage.

La jeune femme avait rougi, mais Tyler avait été submergé d'une émotion inédite et indicible en la voyant pénétrer, par erreur et par surprise, dans son bureau.

Il l'avait trouvée magnifique. Ses cheveux, ses yeux, sa peau, sa silhouette, son allure générale. C'était un tout.

Mais il ignorait son nom. Peu importe, il irait demander à Marston, un peu plus tard, afin de ne pas croiser la jeune femme dans le couloir et de ne pas passer pour quelqu'un de trop curieux. Avec un peu de chance, en plus de son nom, Marston connaîtrait peut-être son adresse ou, mieux encore, son numéro de téléphone.

Il fallait qu'il la revoie. Ailleurs si possible, mais il le fallait.

Tyler en était certain : il venait de subir un véritable coup de foudre et de rencontrer la femme de sa vie.

Y avait-il une chance que ce soit réciproque ?

2

Les ouvriers en tenue de travail étaient en train de ranger leurs outils dans leurs grandes boites en plastique quand le contremaître pénétra dans la pièce principale par l'ouverture aménagée dans la cloison.

Pas la plus grande pièce du complexe, mais la plus importante.

Tout était absolument irréprochable.

Le commanditaire des travaux, dont l'identité était demeurée secrète, serait enchanté du résultat lors de sa nouvelle visite du chantier le lendemain.

Lambris, plafonds, corniches, planchers, menuiseries… L'illusion était vraiment parfaite. Les artisans avaient effectué de l'excellent travail ; à la hauteur des sommes exceptionnellement généreuses consenties par le financeur.

Les parfums des nombreuses essences de bois emplissaient les lieux, mêlés à l'odeur de poussière des travaux désormais achevés.

Une équipe de nettoyage devait être dépêchée sur place en soirée afin de faire disparaître toute trace du passage des talentueux artisans, avant de laisser place aux décorateurs et à une armada de techniciens.

L'intervention de ces derniers serait cruciale pour la réussite du projet. Le contremaître en avait bien conscience en observant les cartons de matériel livrés un peu plus tôt, qu'ils devraient installer au cours des prochains jours.

Désormais, la réussite du projet était entre leurs mains et le calendrier imposé par le commanditaire avait été, pour l'instant, respecté à la lettre.

PREMIÈRE PARTIE :
La maison du péril

« L'océan était du bleu le plus profond, sous un ciel clair, illuminé d'un vrai soleil estival, chose rare en Angleterre. Tout concourait à l'idéale beauté de l'endroit. »

La Maison du péril (1932)
Agatha Christie

3

Eleanor Waltham descendit les marches du perron, son sac à main en bandoulière sur l'épaule droite et une pile de dossiers contenant des dessins et des photos fermement serrée dans son bras gauche.

Le crachin humide et pénétrant, habituel de la capitale en cette période annonçant timidement le printemps, venait de se transformer en une pluie froide et désagréable.

Les passants avaient ouvert leurs parapluies, mais la jeune femme avait oublié le sien chez elle.

Eleanor pressa le pas en direction de sa voiture, une BMW i3 couleur cappuccino, garée à environ cinquante mètres le long du trottoir d'en face. Arrivée à hauteur du véhicule, elle fouilla la poche droite de son élégante veste de tailleur et, à l'aide de sa main libre, appuya sur le bouton de déverrouillage de la clé de la BMW.

Sa voiture lui répondit par un petit bip mélodieux et par le clin d'œil orangé de ses clignotants.

Toujours de sa main droite, Eleanor ouvrit la portière gauche du véhicule, sur laquelle figurait un sticker au graphisme d'inspiration art déco indiquant « *Eleanor Waltham - Décoratrice d'intérieur* » ainsi que son numéro de téléphone professionnel, l'adresse de son site internet et les logos de ses différents comptes sur les réseaux sociaux.

Elle déposa rapidement les encombrants dossiers et son sac sur le siège passager puis attendit qu'un autobus passe sur la chaussée et s'éloigne, afin de se rendre de l'autre côté de la voiture sans être éclaboussée.

Eleanor se précipita alors dans l'habitacle, enfin au sec, tandis que la pluie, froide et désagréable, redoublait à l'extérieur.

La dynamique jeune femme de vingt-huit ans essuya par réflexe son visage humide du revers de la main, attacha ses cheveux roux flamboyants en un chignon négligé à l'aide de pinces récupérées dans le vide-poche de la portière tout en se regardant dans le rétroviseur intérieur, boucla sa ceinture de sécurité, puis démarra l'i3.

Eleanor avait choisi cette voiture trois ans plus tôt, en 2019, quelques mois après avoir lancé son activité de décoratrice d'intérieur. Un investissement opportun au moment où elle avait décidé d'ouvrir une agence physique présentant quelques exemples de son savoir-faire sur Craven Street, à deux pas de Northumberland Avenue.

Ce n'était pas pour son design qu'Eleanor avait choisi la BMW i3 ; même si son profil particulièrement étrange avait tout de même le mérite de capter les regards, et donc d'attirer l'attention sur les stickers à son nom sur chaque portière.

Si elle avait jeté son dévolu sur ce modèle, c'était pour bénéficier, sur conseil de son mari, des aides financières du gouvernement encourageant les indépendants à acquérir un véhicule électrique, et pour être dispensée du paiement du péage urbain de Londres lors de ses nombreux déplacements professionnels.

Précisément comme aujourd'hui.

Depuis son agence, elle était venue vérifier l'avancée des travaux dans un appartement aménagé au premier étage d'une ancienne maison de maître sur King Charles Street.

Dans deux jours, les menuisiers, peintres et plâtriers lui laisseraient enfin le champ libre afin qu'elle puisse exercer son art pour le compte d'un couple de quinquagénaires un brin bohèmes mais surtout très fortunés, en leur installant miroirs, rideaux, tissus de chaises, bibelots, objets insolites et luminaires dégotés auprès de ses fournisseurs et chez des amis antiquaires.

Ainsi qu'un monumental dressing à éclairage automatique dans la suite parentale, dont elle avait dessiné les plans sur mesure.

Mais pour l'instant, Eleanor n'avait qu'une envie : rentrer chez elle, à Baker Street. Se mettre à son aise, puis se détendre un peu en attendant que Tyler, son mari, rentre du bureau.

Ils opteraient alors pour se faire livrer une pizza à domicile ou, plus probablement, des plats chinois qui avaient sa préférence.

Tyler Waltham, de deux ans son aîné, était plutôt bel homme, grand et brun, et en tout cas au goût d'Eleanor.

Fonctionnaire dans les services fiscaux de l'administration britannique, il lui arrivait fréquemment de rentrer du travail après dix-neuf ou vingt heures lorsqu'il étudiait des dossiers importants, sensibles ou urgents.

Des journées qui se terminaient invariablement pour lui par une trentaine ou une quarantaine de minutes passées dans le métro ; qu'il occupait à lire des romans policiers. Son genre de littérature favori, qu'il achetait en nombre chez son libraire attitré, sur le chemin du travail, ou qu'il empruntait à la bibliothèque du quartier.

D'une pression sur l'icône « musique » de l'écran tactile de sa voiture, Eleanor sélectionna une de ses *playlists* favorites, dupliquée automatiquement depuis son smartphone dernier cri via la connexion Bluetooth liant l'appareil au véhicule.

La *playlist* en question contenait des tubes de Coldplay – les anciens, pas les récents – et Eleanor fredonna les paroles de *Speed of Sound* en tournant à gauche au bout de King Charles Street, sur Parliament Street.

Elle passa à proximité de Downing Street, continua tout droit vers le nord sur Whitehall et fit le tour de Trafalgar Square dans les bouchons, en jetant un œil machinal à la Colonne Nelson. Objet d'admiration pour les touristes, mais élément du paysage presque aussi banal qu'un panneau de circulation routière pour les Londoniens de longue date comme Eleanor.

Les essuie-glaces chassaient la pluie sur le pare-brise en suivant presque le rythme de la musique, et les façades des rues de la capitale défilaient à l'extérieur de la bulle de confort qu'était la BMW.

Le ciel s'assombrissant inexorablement, des lumières blafardes s'allumaient aux fenêtres du quartier au fur et à mesure que les managers, comptables et autres publicitaires regagnaient leurs appartements après avoir quitté leur bureau ou leur bruyant *open space*.

La jeune femme s'arrêta brièvement sur Oxford Street chez Marks and Spencer pour y acheter du thé et des crackers pour Tyler, et du chocolat aux noisettes pour elle. Puis elle arriva enfin à Baker Street en empruntant quelques raccourcis dans le méandre des rues de la capitale britannique.

L'appartement du couple Waltham était situé au troisième étage d'un bel immeuble récemment rénové, exactement à l'angle de Baker Street et de Melcombe Street.

Eleanor trouva par chance une place exiguë dans les premières dizaines de mètres de cette rue et s'y gara, avant de récupérer ses affaires sur le siège passager et de se diriger vers le digicode de la porte d'entrée.

Il pleuvait toujours sur Londres.

4

Le couple Waltham était un couple typique de la classe moyenne supérieure londonienne.

Des citadins dont la vie était principalement rythmée par le travail et par les transports, aux journées bien remplies, et dont le revenu, une fois les impôts prélevés, restait tout à fait correct malgré l'augmentation régulière des loyers et du coût de la vie au cœur de Londres.

En raison de leurs activités professionnelles respectives, Eleanor et Tyler passaient peu de temps ensemble.

Les soirées essentiellement, et quelques heures pendant le week-end, quand Eleanor ne compulsait pas d'épais catalogues de décoration jusqu'à plus soif, ou que Tyler ne ramenait pas du travail à la maison.

Mais ils s'aimaient depuis leur toute première rencontre – une rencontre absolument fortuite dans un contexte d'abord professionnel – et appréciaient de s'offrir de temps en temps une soirée au cinéma, un concert, ou un week-end dépaysant lorsque leurs agendas le permettaient.

En partie en raison de l'installation à son compte d'Eleanor près de quatre ans plus tôt, et le temps de se faire connaître auprès des milieux et réseaux de la capitale, les époux Waltham n'avaient pas encore d'enfant ; bien qu'étant mariés depuis un peu plus de six ans.

Eleanor avait encore le temps, comme elle le disait lorsque Tyler abordait le sujet pour la taquiner gentiment, et elle envisageait la maternité pour son trentième anniversaire.

Un cap qui lui paraissait encore assez lointain pour l'instant.

L'épaisse porte de l'appartement se referma dans un bruit feutré. Eleanor commanda « *Alexa, allume l'entrée* ». L'enceinte connectée, après s'être allumée en bleu, répondit « *D'accord* », puis un ruban à LED dissimulé dans la corniche tout autour de la pièce diffusa instantanément une lumière douce et accueillante.

Les murs du hall d'entrée étaient peints d'une chaude couleur taupe choisie par Eleanor parmi les nuances de sa gamme Pantone, tandis que la corniche, les boiseries et le plafond étaient habillés de blanc satiné.

La jeune femme déposa ses dossiers sur un petit tabouret à l'assise en cuir marron, accrocha son sac à main à une patère libre du porte-manteau rétro de type perroquet, après y avoir glissé les clés de sa voiture, et enleva ses escarpins, qui commençaient à la faire souffrir.

Dans le séjour meublé et décoré par ses soins, essentiellement à la mode scandinave mais avec tout de même le minimum obligatoire de style britannique, Eleanor ôta sa veste de tailleur, s'en débarrassa temporairement sur un dossier de chaise, détacha ses cheveux, posa son smartphone en charge sur un guéridon près de l'îlot de la cuisine, et se dirigea vers la salle de bain.

« *Alexa, mets les infos dans la salle de bain* ».
« *D'accord* ».

Eleanor, démaquillée mais subtilement parfumée, sortit de la salle de bain peu après dix-huit heures et trente minutes. Vêtue d'une tenue d'intérieur décontractée – un pantalon de yoga noir et un sweat à capuche vert Nil – elle décida de s'installer à son ordinateur en attendant le retour de son mari.

La jeune femme alla récupérer son MacBook Pro, qu'elle avait laissé la veille dans la chambre sur sa commode, et s'installa confortablement au salon, calée entre l'accoudoir du canapé Chesterfield bordeaux et deux coussins aux motifs floraux.

Sur son ordinateur, Eleanor avait configuré deux sessions. Une première pour le travail, une seconde pour les loisirs et le temps libre. Elle lança cette dernière puis cliqua sur l'icône en forme de boussole du navigateur internet Safari.

Un tour rapide dans sa boîte e-mail perso lui apprit qu'une amie d'enfance perdue de vue depuis des années allait bientôt se marier, qu'un colis en provenance d'Allemagne qu'elle attendait depuis plusieurs jours avait subi un retard à la douane et serait livré le lendemain dans le point relais Royal Mail de son choix, qu'elle était une fidèle cliente d'un obscur site d'e-commerce sur lequel elle n'avait jamais commandé, et bénéficiait à ce titre d'une réduction sur ses prochains achats.

Et surtout que son dossier « *spam* » avait grand besoin d'être vidé, ce qu'elle fit avant de se déconnecter de ses e-mails.

Eleanor cliqua ensuite sur le favori Facebook dans son navigateur. Elle n'avait pas consulté le célèbre réseau social depuis près de deux semaines, par manque de temps autant que par manque d'intérêt.

Elle trouvait que Facebook, encore attractif l'année précédente, était désormais envahi de *fake news*, de publicités, de disputes stériles, d'autres publicités, de vidéos de chats effectuant des cascades, et d'une couche de publicités supplémentaires.

Une impression confirmée par un *scroll* rapide dans le fil d'actualité.

Les petites icônes rouges en haut à droite de l'écran lui notifièrent qu'elle avait quatre demandes d'amis en attente, qu'elle déclina pour trois d'entre elles, ainsi qu'une douzaine de « j'aime » et de commentaires sur d'anciennes publications sans grand intérêt dont elle se souvenait à peine.

Elle cliqua sans remords dans le menu des notifications sur « tout marquer comme lu », et allait fermer la fenêtre du navigateur internet, quand une publication sponsorisée attira son attention dans le fil d'actualité.

Une photo d'un manoir ancien, de style victorien, surplombé dans le ciel sombre du cliché par la mention « Murder Party ».

5

Les deux lignes de texte au-dessus du visuel de la publication indiquaient :

« Vous voulez vivre une histoire digne d'une enquête d'Hercule Poirot le temps d'un week-end ? Inscrivez-vous sans plus attendre à notre prochaine murder party ! ».

Eleanor cliqua sur les mots « Voir plus » situés à la suite du texte, qui dévoilèrent l'adresse d'un site internet : http://murderparties.co.uk/.

Un clic sur le lien ouvrit une nouvelle fenêtre sur l'écran du MacBook Pro. Sobre, mais de belle facture, le site internet reprenait en plus grand la photo du manoir de la publicité sur Facebook, accompagnée d'un menu latéral :

« Bienvenue »
« Qui sommes-nous ? »
« Qu'est-ce qu'une murder party ? »
« Présentation détaillée »
« Prochaines sessions »
« Réservation »
« Contact »

Eleanor avait déjà entendu parler des murder parties par une amie, elle en connaissait globalement le concept.

Les participants, des personnes seules mais aussi des couples, se retrouvaient en huis-clos dans un bâtiment et devenaient pour quelques heures les acteurs d'une enquête en partie scénarisée et parfois en costumes, semblable à une partie de Cluedo.

Manifestement, la murder party proposée sur le site était haut de gamme, puisqu'elle proposait, d'après la page d'accueil du site, une expérience étalée sur un week-end, du vendredi soir au dimanche après-midi. Avec transport, repas et hébergement compris.

Eleanor pensa immédiatement qu'une activité de ce type serait un cadeau d'anniversaire de mariage idéal pour Tyler et elle, puisqu'ils n'avaient pas encore eu le temps ou l'occasion de célébrer leurs noces de Chypre depuis janvier.

De plus, Tyler était amateur de romans policiers classiques. Le contraire aurait été un comble en habitant Baker Street, à deux pas de l'adresse fictive du célèbre Sherlock Holmes.

Eleanor cliqua sur « Présentation détaillée ». La photo du manoir laissa la place à un texte descriptif très complet :

« Nos murder parties offrent une expérience à nulle autre pareille ! Notre objectif n'est pas de vous faire participer à un jeu, mais de vous faire littéralement VIVRE le jeu.

Pour cela, nous mettons les petits plats dans les grands. Chaque nouvelle session de murder party se déroule dans notre manoir victorien situé en pleine campagne, au nord de la ville de Lancaster (comté du Lancashire), dans le nord de l'Angleterre.

L'édifice a été entièrement rénové par nos soins dans son style d'origine, d'après les témoignages des plus anciens habitants de la région, et vous offrira un dépaysement incroyable.

Mais ce n'est pas tout !

Accueillis à la gare de Lancaster (vos billets de train seront à générer lors de votre réservation, et leur montant sera alors automatiquement ajouté au forfait initial), vous serez conduits au manoir en voitures anciennes, et reçus par un majordome qui sera également votre guide de jeu pendant votre séjour.

ATTENTION : afin de pousser le concept au maximum, et pour assurer aux participants une immersion totale, nous mettons en place quelques dispositions particulières, dont vous devez absolument prendre connaissance avant de vous inscrire (une case à cocher vous le rappellera lors de la validation finale de votre réservation).

- Lors de votre réservation en ligne, vous devrez nous préciser la taille et la corpulence de chaque personne inscrite afin que nous puissions vous fournir les costumes adaptés lors de votre arrivée au manoir.
- Une fois votre inscription validée, et en fonction du nombre de participants, nous élaborerons le scénario de la murder party. Chaque participant recevra par recommandé postal une enveloppe nominative contenant des indications sur son personnage et sur le scénario global du week-end. L'un des participants se verra attribuer le rôle de la victime par tirage au sort. Nous demandons à cette personne de ne pas le révéler aux autres participants, même à un conjoint inscrit, afin de ne pas fausser le suspens.

- Les repas et nuits (chambres de qualité, lit double ou lits individuels à préciser lors de la réservation) sont inclus dans le forfait.
- Enfin, notre manoir est équipé d'un brouilleur de télécommunications, pour l'édifice en lui-même ainsi que dans un rayon de quatre kilomètres. Vous ne pourrez utiliser ni smartphone, ni tablette, ni ordinateur portable. En cas de besoin au cours du week-end, une ligne fixe pourra être mise à votre disposition par notre majordome.

Emballée, Eleanor consulta les dates des prochaines sessions et découvrit avec joie que deux places étaient disponibles – les deux dernières – pour la murder party suivante, programmée quelques semaines plus tard du vendredi 15 au dimanche 17 avril 2022.

Elle ajouta le site internet à ses favoris, avec l'intention d'en parler à Tyler pendant le dîner, puis rabaissa l'écran de son ordinateur afin de le mettre en veille.

6

—Alors, comment s'est passée ta journée, chéri ?, demanda Eleanor à son mari par habitude, tandis que celui-ci disposait les différents mets du repas chinois livré à l'instant sur la table basse du salon.

Tyler était rentré du travail peu après vingt heures, sa sacoche en cuir pleine à craquer de dossiers en cours. Il désirait les parcourir avant d'aller se coucher afin de gagner de précieuses minutes le lendemain au bureau.

Après s'être lui aussi mis à l'aise, il avait rejoint Eleanor au salon et le couple s'était décidé pour le restaurant chinois du quartier, réputé pour la rapidité de ses livraisons à domicile.

— Oh, tu sais, c'est très compliqué en ce moment. Bouclages des budgets de l'État, analyse des résultats des contrôles anti fraude… Je préfère t'éviter un sérieux mal de crâne.

— Ah oui, je déteste les chiffres !

— Normal ma chérie, tu es une artiste. Et c'est bien connu : les artistes détestent les chiffres !

— Ça fait très cliché, mais c'est en effet la stricte vérité !, s'esclaffa Eleanor. Je ne sais pas comment tu arrives à manipuler tous ces chiffres sans faire exploser ton cerveau.

— Bah, c'est une question d'habitude, opina Tyler d'un clin d'œil complice.

Les époux Waltham dégustèrent leurs boulettes de porc braisées en sauce – accompagnées de riz cantonais pour Tyler et de nouilles aux légumes pour Eleanor – en regardant la télévision.

Les informations en continu sur BBC News étant déprimantes ou inintéressantes, comme les programmes des autres chaînes à vrai dire, Tyler opta pour le visionnage en *replay* d'un épisode de la série *Sherlock* avec l'acteur Benedict Cumberbatch. *Le Dernier Problème*, troisième et ultime épisode de la quatrième saison.

Tyler connaissait chaque épisode de la série presque par cœur et, en attendant une hypothétique cinquième saison espérée depuis plusieurs années, regarder ces *replays* en mangeant, ou en fond sonore pendant qu'il faisait autre chose, était devenu une habitude.

Une fois le dîner achevé, Tyler débarrassa la table basse des reliefs du repas, jeta les emballages en carton dans la poubelle de tri sélectif, et fit chauffer de l'eau pour une bonne tasse de thé. Eleanor préféra une tisane digestive après avoir un peu abusé des succulentes boulettes de porc.

De retour au salon, Tyler posa les deux tasses fumantes sur la table basse, et vint se blottir contre sa femme, qu'il embrassa.

Sur l'écran plasma accroché au mur, Sherlock, Mycroft et John se retrouvaient enfermés en compagnie du directeur de la prison dans l'ancienne cellule d'Eurus, la sœur psychopathe des frères Holmes.

— Au fait, chéri, ta série me fait penser à quelque chose !, réagit Eleanor après avoir rendu son baiser à Tyler.

— Ah ? Dis-moi !

— En attendant ton retour, tout à l'heure, j'ai tué le temps en traînant un peu sur Facebook. Je n'y étais pas allée depuis au moins une dizaine de jours. Et je suis tombée par hasard sur une publication sponsorisée qui a attiré mon attention.

— Ah bon ?, s'enquit Tyler.

— Oui, je vais t'expliquer. J'ai cliqué dessus et je suis arrivée sur le site d'une société qui organise des murder parties dans un vieux manoir près de Lancaster !

— Ah oui, les parties de Cluedo grandeur nature !

— C'est à peu près ça, oui, mais ce qu'ils proposent a l'air vraiment génial ! Je me suis dit que ça serait super pour nous, nous n'avons pas passé un seul week-end détente depuis si longtemps !

— Oui, c'est vrai…

— En plus, il ne reste plus que deux places pour la prochaine session, du 15 au 17 avril.

— Tu sais, mon cœur, avec le travail, je ne sais pas si je pourrai…

— Attends, je vais te montrer, coupa Eleanor en saisissant son MacBook Pro posé sur un pouf à proximité du canapé.

La jeune femme relança sa session, puis le navigateur internet, et cliqua sur le lien précédemment placé dans ses favoris.

La page du site http://murderparties.co.uk/ s'afficha instantanément, et Eleanor se lança dans une opération de persuasion et de séduction auprès de son mari, tandis qu'il versait un délicat nuage de lait dans sa tasse de thé.

— Finalement, chérie, tu as totalement raison !, concéda Tyler après quelques minutes d'un exposé détaillé et enjoué, digne de la prestation des meilleurs chargés de communication de la capitale.

— Mais j'ai toujours raison, chéri !, railla Eleanor.

— Ce week-end nous fera le plus grand bien ! Tu peux réserver dès maintenant si tu veux, c'est d'accord pour moi. Je préviendrai mes supérieurs que je serai totalement injoignable pendant deux jours, et ils me doivent assez d'heures supplémentaires pour me laisser quitter le bureau plus tôt le vendredi.

— Oh, merci mon amour !, répondit Eleanor, tout sourire, avant d'embrasser tendrement Tyler sur la joue.

Lui-même était enchanté de voir sa femme si enjouée par son approbation.

Aux anges, Eleanor compléta le formulaire d'inscription à la murder party, valida les différentes cases à cocher, précisa les tailles et mensurations pour les costumes, puis ajouta les réservations pour les billets de train au panier. Elle montra le tout à Tyler avant de confirmer la réservation et d'effectuer son paiement via PayPal.

Son empressement était tel que ses pommettes, naturellement ornées de nombreuses taches de rousseur qui faisaient craquer Tyler, revêtaient maintenant un léger hâle rosé.

En finissant leurs tasses de thé et tisane respectives, et pendant que le générique de fin de

Sherlock débutait, tous deux ouvrirent leurs biscuits chinois restés sur la table.

Le message dans celui d'Eleanor prédisait : « *Vous allez prochainement vivre une grande aventure* ». Celui de son mari, beaucoup plus énigmatique, indiquait : « *Les apparences sont parfois trompeuses* ».

7

Le précieux sésame arriva au courrier quelques jours plus tard. Une grande enveloppe kraft destinée à Eleanor Waltham, oblitérée du cachet de la Royal Mail. Une deuxième enveloppe, en tout point identique, attendait Tyler dans le hall de l'appartement.

L'un comme l'autre étant au travail à l'heure de passage du facteur, le gardien de l'immeuble avait accepté de signer les accusés de réception, puis avait déposé les deux courriers chez les Waltham à l'aide de son pass.

N'y tenant plus, Eleanor se délesta rapidement de ses affaires et entreprit d'ouvrir son enveloppe. Bien entendu, elle ne toucha pas à celle de Tyler :

les époux s'étaient promis de jouer le jeu jusqu'au bout, et de ne pas se révéler s'ils étaient la future victime ou le criminel du scenario de la murder party. Après tout, le suspens, y compris au sein du couple, faisait tout l'intérêt de ce week-end.

La jeune femme vida avec précaution, mais aussi une indéniable once d'excitation, le contenu de l'enveloppe sur la table de la salle à manger.

Un courrier confirmait l'inscription à la murder party.

En dessous, une brochure au magnifique papier glacé reprenait le détail des informations présentées sur le site internet, ainsi qu'une petite carte issue de Google Maps indiquant l'emplacement précis du manoir dans la campagne anglaise, au nord de Lancaster.

La carte révélait la présence d'un cours d'eau, le fleuve Lune. L'édifice était apparemment construit sur un petit îlot situé au beau milieu du fleuve, en son endroit le plus large, en amont d'un méandre à quatre-vingt-dix degrés.

Le tout était accessible par ce qui semblait ressembler davantage à une passerelle qu'à un pont, si l'on se fiait à l'échelle utilisée pour la représentation des lieux.

La tranquillité jadis voulue par un Lord probablement excentrique, à seulement quelques encablures de la ville.

L'enveloppe contenait également un certain nombre de coupons pré-remplis afin de récupérer les costumes lors de l'arrivée au manoir, un billet de train nominatif ; et surtout une plus petite enveloppe blanche, scellée d'un cachet de cire rouge factice mais faisant son effet, renfermant les informations confidentielles quant au rôle d'Eleanor imaginé par les organisateurs.

Après consultation de la missive, Eleanor apprit qu'elle serait, le temps d'un week-end, Miss Eleanor Sherrinford (son véritable nom de jeune fille), artiste bohème, en visite au manoir avec son fiancé, Sir Tyler Waltham, représentant de l'aristocratie britannique locale, en prélude à leur imminent mariage.

Des rôles parfaitement écrits.

Décidément, le week-end aux abords de Lancaster promettait un dépaysant voyage dans l'espace, mais aussi dans le temps.

Eleanor referma l'enveloppe blanche, disposa avec soin le tout sur la table, prit une photo de l'ensemble avec son smartphone et l'envoya à Tyler, toujours au bureau.

8

La Toyota Prius noire du chauffeur Uber déposa Eleanor et Tyler sur l'une des rares places de stationnement rapide encore libre, à environ deux-cents mètres de l'entrée de la gare de Londres Euston, au cœur du quartier de Camden.

Les époux Waltham sortirent leurs deux valises à roulettes du coffre de la voiture, puis se dirigèrent vers la gare après avoir salué leur chauffeur.

Ce dernier était venu les chercher devant chez eux, à Baker Street, et n'avait mis qu'une douzaine de minutes, malgré la circulation et les ralentissements, pour rejoindre Camden via Albany Street en contournant Regent's Park par l'est.

En ce mois d'avril, le deuxième poumon vert au nord de la Tamise, avec Hyde Park, commençait à s'animer à l'approche du week-end entre promeneurs solitaires, écoliers en uniforme, ou touristes se rendant au musée Madame Tussauds, tout proche.

La gare de Londres Euston se dressait devant Eleanor.

Avant de choisir sa voie, et de devenir décoratrice d'intérieur, la jeune femme avait débuté des études d'architecte à la Bartlett School of Architecture de Londres, qu'elle avait ensuite abandonnées à cause de l'aspect parfois trop technique et mathématique du métier.

Eleanor était avant tout une artiste, passionnée par l'esthétisme, et non pas par les calculs de résistance des matériaux.

Malgré ce semi-échec, elle avait gardé un intérêt évident pour l'architecture en général, ainsi qu'une curiosité prononcée pour l'histoire des plus anciens bâtiments de la capitale.

Ainsi, elle savait que, même si l'actuelle gare n'était qu'un édifice au style architectural moderne sans grande originalité datant de la fin des années soixante, l'ancienne gare d'Euston avait été la première gare de grandes lignes construite à Londres et présentait, en 1849, un style classique et une grande halle dotée de magnifiques plafonds à caissons.

Malheureusement, plus rien ne subsistait de cette époque, et c'est à un interminable alignement d'écrans plats que fut confrontée Eleanor en pénétrant dans la gare.

Sous le mot *departures*, inscrit en grand, défilaient en lettres jaunes et sur fond noir les horaires des prochains trains quittant la capitale vers le nord-ouest du pays.

Tyler jeta un rapide coup d'œil aux billets qu'ils avaient reçus quelques semaines plus tôt. Train VT608000 de la compagnie Avanti West Coast, départ à quinze heures et deux minutes.

Le train était déjà annoncé par les écrans au quai numéro douze, sur les dix-huit que contenait la gare de Londres Euston.

Le couple se fraya un chemin dans la foule, slalomant avec difficulté entre d'autres couples s'offrant un week-end loin du cœur du royaume et des touristes qui, au contraire, allaient y séjourner pour quelques jours.

La salle des pas perdus était emplie d'un brouhaha incessant, et Eleanor avait hâte de s'asseoir au calme dans le train.

Les places réservées étaient en catégorie standard, ce qui était suffisant pour les deux heures et vingt-cinq minutes que durerait le trajet jusqu'à

Lancaster, à environ trois-cent-soixante-dix kilomètres de Londres.

À quinze heures et deux minutes précises, un employé siffla sur le quai et le train se mit en branle, en direction d'un week-end placé sous le signe de l'aventure.

Après avoir placé les valises dans le compartiment au-dessus de leurs têtes, Tyler prit place du côté de la fenêtre. Pour passer le temps, il avait emporté avec lui un roman de Ruth Ware en livre de poche, *La disparue de la cabine numéro dix*, dont l'action se déroulait sur un bateau.

Il se plongea dans sa lecture pendant la plus grande partie du trajet, ne levant les yeux de son livre que pour échanger quelques mots avec sa femme, ou regarder machinalement le paysage défilant le long de la voie ferrée.

Une alternance régulière entre le vert de la campagne et le gris des villes.

Eleanor, quant à elle, se connecta au Wi-Fi gratuit du train, et profita du trajet pour envoyer quelques e-mails professionnels depuis son smartphone. Principalement des réponses à des congratulations de clients enchantés par ses récentes prestations et des estimations de coût concernant des projets de décoration d'appartements londoniens.

Elle devait absolument accomplir cette tâche avant l'arrivée au manoir ; à la fois pour profiter pleinement de la murder party, mais aussi parce que, comme l'avaient annoncé le site internet et la brochure de présentation du séjour, un brouilleur empêcherait toute communication par réseau téléphonique une fois sur place.

Environ à mi-parcours, tandis que Birmingham et sa banlieue défilaient au-dehors, nichées dans la campagne britannique, une dame passa dans l'allée avec un chariot de friandises et de boissons ; comme il était encore de coutume dans certains trains en Angleterre.

Un délicieux anachronisme qui fit sourire Eleanor, peu habituée à voyager par ce mode de transport, et qui pensait cette tradition d'un autre temps révolue.

Le train arriva en gare de Lancaster à l'heure prévue : dix-sept heures et vingt-sept minutes.

À l'extérieur, le temps n'était plus aussi agréable qu'à Londres. Les timides éclaircies de la capitale avaient cédé la place à un ciel couvert, gris uniforme et menaçant.

Le fond de l'air était même assez frais et un frisson parcouru Eleanor lorsqu'elle posa le pied sur le sol du quai numéro quatre, suivie par Tyler tirant les deux valises.

La gare de Lancaster n'avait pas grand-chose à voir avec celle qu'ils avaient quittée plus tôt dans l'après-midi.

Mise en service en 1846, agrandie entre 1900 et 1906, cette gare de ville moyenne avait gardé un cachet architectural authentique avec ses belles pierres claires, ses murs épais et ses petites fenêtres typiquement victoriennes.

En quelque sorte, l'édifice annonçait à lui seul le voyage dans le temps qui attendait Eleanor et Tyler.

— Quel magnifique endroit !, clama Eleanor, subjuguée malgré la météo.

9

La sortie de la gare les mena directement sur Station Road, artère habillement nommée longeant la bâtisse d'un côté, et donnant accès à un vaste parking de l'autre.

En ce début de week-end hors saison touristique, la grande majorité des places de stationnement était libre. Seules subsistaient les voitures du personnel ou celles des habitants de Lancaster travaillant dans des villes distantes.

Parmi les quelques Ford, Nissan et Vauxhall, Tyler ne mit pas longtemps à repérer la voiture ancienne qui devait les récupérer à la gare, comme promis par la brochure.

Un vénérable cabriolet Morgan 4/4 vert anglais en version quatre places – peut-être un modèle fabriqué dans les années cinquante – trônait fièrement au centre d'une allée du parking.

À ses côtés, un homme en uniforme gris de chauffeur attendait patiemment, casquette vissée sur la tête, une pancarte dans les bras : « *Welcome to Tyler and Eleanor Waltham* ».

— Monsieur et Madame Waltham ?, questionna le chauffeur en apercevant le couple et ses valises approcher.

— Oui, acquiescèrent Eleanor et Tyler.

— Soyez les bienvenus à Lancaster, déclama l'homme théâtralement sans toutefois réussir à gommer totalement son accent local. Je suis Howard, votre chauffeur, et j'ai pour mission de vous conduire au manoir.

— Enchanté !, répondit Tyler en serrant la main de l'homme. Voici ma future épouse, Miss Eleanor Sherrinford, ajouta Tyler en décidant de commencer à jouer le jeu, et je suis Sir Tyler Waltham.

Eleanor éclata de rire en entendant l'intonation volontairement pompeuse adoptée par son mari pour les présenter.

Les bagages furent installés et attachés à l'aide de solides lanières en cuir sur une galerie située à l'arrière de la voiture, par-dessus l'emplacement de la roue de secours, puis le dénommé Howard invita Tyler et Eleanor à prendre place sur la banquette arrière en cuir marron de la Morgan.

Quelques gouttes d'une fine pluie commencèrent à tomber au même instant, ce qui incita le chauffeur à rabattre la capote en toile ; exercice un peu plus alambiqué sur cet antique véhicule que sur un cabriolet moderne.

— Jusqu'à présent, tout est entièrement conforme à la présentation, commenta Eleanor à voix basse à l'oreille de Tyler.

— Totalement ! Et même la météo répond à l'appel pour contribuer à l'ambiance !

Après quelques minutes passées à se battre avec la capote du cabriolet et son système de fixation, Howard prit place à son tour au volant et démarra.

Le son du moteur évoqua immédiatement à Tyler l'âge d'or de l'industrie automobile britannique ; une époque où chaque véhicule fabriqué résultait d'un travail d'orfèvre de la part d'artisans capables de sublimer la tôle, la mécanique, le cuir et le bois.

Le design *so british* de la Morgan, son confort spartiate, son moteur à quatre cylindres bruyant et son charme incontestable engendraient chez Tyler le même effet que la gare de Lancaster avait provoqué chez son épouse.

Cette dernière, serrée contre Tyler, appréciait presque autant que son mari la découverte de la Morgan, véritable antithèse de sa BMW i3.

La voiture étant dépourvue d'autoradio, Howard lança la conversation sur quelques banalités concernant la région, ses habitants et sa géographie ; le temps de traverser la ville puis de prendre la route menant au manoir.

Il quitta Station Road par Meeting House Lane, puis emprunta China Street et Cable Street avant de sortir véritablement de Lancaster par Greyhound Bridge Road et Lune Street.

En dehors de la ville, le chemin conduisant au manoir était de piètre qualité et chaque chaos soulevait littéralement les occupants de la Morgan de leurs sièges. La route goudronnée avait laissé la place à une étroite voie en terre parsemée de cailloux et bordée d'arbres centenaires.

La machine à remonter le temps existait réellement et prenait la forme d'un vieux cabriolet vert anglais à quatre places.

Le trajet d'une quinzaine de kilomètres à travers la campagne du Lancashire déboucha bientôt sur une vision digne d'une carte postale. Howard immobilisa d'ailleurs la voiture et serra le frein à main afin que ses passagers puissent admirer le paysage.

Du côté droit du chemin, qui mourrait ensuite en direction de la forêt, les arbres disparaissaient sur une largeur d'à peine quelques mètres et dévoilaient une passerelle d'apparence fragile en grosses pierres grises, dont les arches enjambaient l'un des deux bras du fleuve Lune vers l'îlot central.

L'îlot par lui-même dépassait le niveau du fleuve d'une demi-douzaine de mètres et devait mesurer environ quatre-vingt-dix mètres en longueur et trente à quarante mètres en largeur. Il ressemblait à une version sauvage des petites îles dispersées le long du cours de la Tamise à Londres, telles que Corporation Island ou Swan Island.

Au centre de l'îlot, le manoir se dressait majestueusement.

Auréolé des maigres rayons de soleil qui luttaient pour subsister face aux nuages et à la pluie, l'édifice victorien semblait appeler Eleanor et Tyler de toute sa stature.

Howard s'engagea finalement sur l'étroite passerelle en roulant au pas puis, une fois sur l'îlot, arrêta la Morgan sur un tapis de graviers blancs aux pieds du manoir.

10

En descendant de voiture, Eleanor resta longuement ébahie devant la construction érigée face à elle, profitant d'un arrêt momentané et appréciable de la pluie.

La photo aperçue sur le site internet et sur la brochure de présentation était loin de rendre justice à la beauté du bâtiment.

Décrit comme un manoir victorien, Eleanor précisa mentalement qu'il s'agissait plus exactement d'un manoir gothique victorien, comme en témoignaient plusieurs détails architecturaux qu'elle avait immédiatement relevés : ses murs épais, ses tourelles décoratives ou encore son porche avancé dont l'immense porte en bois était surplombée d'armoiries gravées dans la pierre.

Sa construction devait probablement remonter à 1850 ou, en tout cas, être antérieure à 1870, et sa beauté rivalisait avec sa démesure.

Le manoir était en effet construit sur trois niveaux, auxquels s'ajoutaient visiblement des combles sous une immense toiture ; le tout réparti en deux ailes réunies par un imposant corps central d'où émanait le porche.

Tyler s'approcha d'Eleanor, la faisant aussitôt sortir de sa rêverie.

Au même moment, la porte du manoir s'ouvrit sur un homme au crâne largement dégarni, dont le sourire amène et le costume reconnaissable entre mille trahissaient la fonction. Le majordome.

— Monsieur et Madame Waltham ! Nous vous attendions ! Vous êtes les derniers arrivés, déclama l'homme d'une manière tout aussi théâtrale que celle du chauffeur à la gare, tout en se penchant en avant respectueusement.

— Bonsoir !, répondirent chaleureusement les nouveaux arrivés.

— Je suis Parker, votre majordome.

— Parker ?, questionna Tyler, amusé. Parker, comme le majordome dans *Le Meurtre de Roger Ackroyd* ? Belle référence !

— Oui monsieur, sourit Parker. Mais c'est aussi mon véritable nom ! À votre service.

Sans plus attendre, car la pluie était de retour, plus forte qu'auparavant, le majordome se dirigea vers la voiture pour récupérer les bagages détachés et mis à disposition par le chauffeur.

— Merci Howard, annonça Parker. Vous pouvez disposer et repartir en ville. Rendez-vous ici-même dimanche, à la même heure pour raccompagner nos invités à la gare, et faites bien attention sur la route avec ce mauvais temps.

Howard acquiesça, adressa un signe de tête cordial aux Waltham puis démarra la Morgan et s'éloigna vers la passerelle.

— Comme je le précisais, reprit Parker en faisant rouler les valises sur les graviers, vous êtes les derniers arrivés. Ce brave Howard a déjà effectué quatre allers-retours depuis la gare pour amener les autres hôtes jusqu'ici.

— Combien sommes-nous ?, demanda Eleanor à quelques mètres du porche.

— En plus de vous deux, il y a sept autres participants, précisa Parker. Trois couples et un monsieur âgé.

— Nous sommes donc neuf, ajouta Tyler. Je suis rassuré, *Ils N'étaient PAS dix* !, plaisanta-t-il en référence à un autre célèbre roman d'Agatha Christie dont les dix protagonistes isolés sur une île meurent mystérieusement, les uns après les autres.

— Avec moi, nous sommes dix, monsieur !, commenta Parker, pince-sans-rire. Mais ne craignez rien !, poursuivit-il. Car avec le personnel, nous dépassons finalement ce nombre.

Le majordome ouvrit la lourde porte en chêne massif puis, d'un geste de la main, invita les visiteurs à le précéder et à entrer dans le manoir.

— Si vous voulez bien vous donner la peine. Vous allez pouvoir faire la connaissance de vos partenaires de jeu, puis nous visiterons rapidement le manoir, avant de vous laisser prendre possession de vos chambres et de vos costumes. Enfin nous nous retrouverons tous dans la salle à manger pour le dîner, où débutera la murder party.

En pénétrant dans le vestibule, la première chose qu'aperçut Eleanor fut, dans le fond de la pièce, une énorme horloge comtoise en acajou – qu'elle estima de fabrication française par habitude professionnelle – dont le cadran en porcelaine et les aiguilles en cuivre indiquaient dix-huit heures et dix minutes.

Parker referma la porte derrière eux, tandis que la pluie redoublait à l'extérieur et que le vent soufflait par grosses bourrasques.

Le hall ressemblait à un énorme cube de bois, tant les murs et le plafond étaient lambrissés et vernis. Le sol représentait un damier de carrelage noir et blanc recouvert d'un épais tapis en sa partie centrale. Sur les murs de droite et de gauche, des portes distribuaient les premières pièces de la demeure, tandis qu'un grand escalier en marbre débutant près de l'horloge conduisait à un palier intermédiaire avant de tourner à quatre-vingt-dix degrés vers le premier étage.

— Bienvenue à Hissington Hall, annonça solennellement Parker. Quelqu'un va venir chercher vos valises et les monter dans votre chambre. Je vais vous débarrasser de vos vestes, puis nous passerons au petit salon pour rencontrer les autres pensionnaires.

Le majordome rangea les vêtements humides de Tyler et Eleanor dans un placard, dont la porte sans entourage était à peine visible, puis indiqua une pièce sur la gauche, d'où provenait le son étouffé de conversations.

11

Le petit salon n'avait de petit que le nom. En effet, le séjour et la cuisine de l'appartement des Waltham à Londres auraient pu rentrer dans cette seule pièce du manoir, et la hauteur sous plafond dépassant allègrement les trois mètres était véritablement vertigineuse.

Les murs étaient lambrissés de la même essence de bois que dans le hall, mais uniquement jusqu'à environ deux tiers de leur hauteur. Le dernier tiers, les corniches et le plafond étaient en plâtre de couleur crème.

Une imposante cheminée en pierre, sans feu allumé, occupait l'essentiel du mur du fond, et le reste de la pièce était meublé de fauteuils, chaises, tables basses et guéridons de style art déco.

Eleanor fut d'abord surprise de ce mélange des styles – l'art déco n'étant pas spécialement assorti au victorien – avant de penser que les décorateurs et les organisateurs des murder parties avaient probablement souhaité représenter différentes époques symboliques des meurtres à l'anglaise classiques, allant de Sherlock Holmes à Hercule Poirot.

Les autres inscrits au week-end, pas encore costumés dans l'attente de l'arrivée des Waltham, stoppèrent leurs discussions, et Parker entreprit de faire les présentations.

— Mesdames, messieurs, voici Eleanor et Tyler Waltham, en provenance de Londres. Ils joueront ce week-end les rôles de Miss Eleanor Sherrinford, artiste, et de son fiancé, Sir Tyler Waltham, aristocrate du Lancashire.

Des hochements de tête et des poignées de main accompagnèrent le discours du majordome, qui se tourna ensuite vers le petit groupe.

— Monsieur et Madame Waltham, voici vos compagnons pour les deux prochains jours.

Parker nomma les sept autres participants à la murder party, ainsi que leurs rôles.

Le premier couple avait pour nom de famille Williamson. Craig et Cordelia. Craig était un homme d'une cinquantaine d'années, de petite taille. Comptable de métier, il était presque logiquement coiffé et habillé sans fioritures.

Cordelia, son épouse – et accessoirement sa secrétaire – était son exact opposé. Blonde, vêtue de rouge, beaucoup plus jeune et plus grande de près d'une tête que son mari, on la devinait exubérante et vraisemblablement superficielle. Une certaine prestance l'empêchait cependant de paraître vulgaire, et lui permettait même d'avoir un charme indéniable aux yeux de nombreux hommes.

Originaires de la ville de Watford, au nord de Londres, ils entreraient pour le jeu dans la peau de Sir Williamson, riche homme d'affaires et de sa secrétaire, en réalité sa maîtresse.

Une description qui amusa tout le monde, y compris les intéressés.

Le couple suivant répondait au nom de Mishra. D'origine indienne, Naveen Mishra et son épouse, Parvati, venaient de Sheffield.

S'ils étaient restés discrets sur leur vie réelle, en précisant seulement qu'ils avaient trente-quatre et trente-et-un ans, leur rôle serait celui d'un couple d'acteurs en provenance de Bombay, venus tenter leur chance en Angleterre.

Le troisième couple, le plus jeune, venait de Manchester, ce que Tyler identifia rapidement à leur accent. Âgés d'environ vingt-cinq ans, Shawn

Fletcher et Tricia Bennet étaient, malgré leur jeune âge, à la tête d'une société spécialisée dans l'import-export avec l'Amérique du Sud.

Leur apparence – un look *streetwear* et vaguement urbain – tranchait singulièrement avec le décor du petit salon et leur rôle, sans plus de précisions, serait celui d'aventuriers.

Enfin, le vieil homme annoncé par Parker se révéla être un authentique Lord écossais. C'est du moins ce qu'il affirmait, mais son patronyme – Allan Mackenzie – et son accent rhotique plaidaient en sa faveur.

Il jouerait donc son propre rôle, celui d'un Lord écossais, que l'ensemble des présents s'attendait à voir revêtir le kilt traditionnel à l'issue de la distribution des costumes.

Mais avant d'entreprendre le *relooking* vestimentaire, ultime touche pour un voyage dans le temps réussi, la visite des lieux attendait les neuf acteurs de la murder party.

12

Parker claqua des mains avec distinction afin d'attirer l'attention du petit groupe ; au sein duquel les discussions et cordialités de rigueur avaient repris.

— Mesdames, messieurs, nous allons effectuer la visite du manoir.

Tous se regroupèrent avec discipline derrière le majordome, qui prit la direction de la salle à manger accessible au moyen d'une lourde double porte qu'Eleanor avait repérée sur le mur droit du petit salon.

— Ceci est la salle à manger, reprit Parker. C'est ici que nous nous retrouverons tout à l'heure, lorsque nous aurons terminé la visite, que vous aurez pris possession de vos chambres, et que vos costumes vous auront été remis.

Par déformation professionnelle, Eleanor ne put s'empêcher de parcourir du regard le moindre centimètre carré des murs, du sol, du plafond et du mobilier.

— Ce manoir, expliqua leur guide improvisé, a été construit en 1855 par Lord Henry Hissington, héritier d'une famille noble locale. Déjà riche par naissance, il a fait fortune dans le domaine minier sur le Nouveau Continent avant de revenir sur les terres de la mère-patrie pour y couler des jours paisibles. Lord Henry Hissington a alors acheté cet îlot, puis a fait édifier cette magnifique demeure, Hissington Hall. Lord Hissington y organisait des fêtes et de somptueuses réceptions auxquelles la noblesse du comté et les riches marchands de Lancaster étaient conviés.

Autour du majordome, chaque hôte manifestait la même admiration concernant la salle à manger, tout en ne ratant pas un seul mot de son récit.

— Henry Hissington est revenu des Amériques avec une épouse, mais malheureusement, le couple n'a jamais eu d'enfant. À la mort du dernier des Hissington, puis de son épouse quelques années plus tard, le manoir fut abandonné. Nul ne souhaitait acquérir une bâtisse si grande, contenant pas moins de dix chambres, quatre salles de bain, deux salons, un fumoir, une bibliothèque, la majestueuse salle à manger dans laquelle nous sommes ; sans oublier les cuisines et les pièces destinées au personnel de maison dans l'autre aile.

— Qui est propriétaire du manoir maintenant ?, osa Craig Williamson.

— J'allais y venir, monsieur, répondit poliment Parker. La propriété a d'abord été rachetée par un magnat de la presse dans les années 1970. Cet homme, dont je tairai le nom, a entrepris des modifications intérieures infâmes qui ont profondément dénaturé le style et le raffinement initialement voulus par Lord Hissington. Puis il est parti en Australie au début des années 2000, où il est mort, et le manoir a de nouveau été laissé à l'abandon, en l'état. Finalement, un groupement d'investisseurs helvético-britannique a manifesté son intérêt pour l'îlot, et en a fait l'acquisition en 2019. Avec l'aide des architectes du patrimoine britannique, et d'après les témoignages transmis par les plus anciennes familles locales, ces investisseurs ont lancé d'importants travaux de rénovation de Hissington Hall pour obtenir le résultat que vous avez sous les yeux, et pour y organiser divers événements dont des murder parties.

— Captivant !, glissa Tyler à l'oreille de sa femme, qui acquiesça en silence.

— Votre session est la troisième organisée ici depuis l'ouverture au public en décembre 2021, conclut Parker.

L'attention de la jeune femme était sollicitée, presque magnétiquement, par la longue table en chêne et sa douzaine de chaises qui occupaient l'espace central de la pièce, par les tableaux ornant les lambris, par les trois lustres en cristal suspendus au plafond par des chaînes dorées, par la cheminée jumelle de celle du petit salon, et par les épais rideaux en laine d'Écosse qui encadraient d'immenses fenêtres offrant une vue imprenable sur le cours d'eau et sur la campagne environnante.

Les lustres et les appliques disposées sur chaque mur révélèrent à Eleanor que l'éclairage était assuré, comme dans le hall et le petit salon, par des ampoules à basse consommation ; rare concession à la modernité décelable en ces lieux. En forme de bougies, et équipées d'un variateur, elles imitaient à merveille le vacillement de la flamme de véritables bougies.

Enfin, dans un angle de la pièce, une imitation réussie d'un vieux gramophone – en réalité un lecteur MP3 déguisé – diffusait en sourdine une sonate pour violon et piano du compositeur Algernon Ashton.

La procession rebroussa ensuite chemin, traversa de nouveau le petit salon et le vestibule débarrassé des valises des époux Waltham, puis se dirigea vers l'aile droite du manoir.

Comme l'avait annoncé Parker, cette partie de la demeure avait autrefois abrité les logements des domestiques.

Les outrages du temps et les transformations hasardeuses avaient conduit les nouveaux propriétaires à repenser entièrement l'agencement de l'aile et, mis à part la cuisine restaurée dans son style d'époque où s'affairaient trois employées en prévision du dîner destiné aux convives, les autres pièces ressemblaient davantage à celles de n'importe quel appartement londonien contemporain qu'à celles d'un manoir victorien.

L'ambiance était ici moins propice à l'évasion, loin d'un décor à la Miss Marple. La plupart des salles, avec leurs plafonds rabaissés, leurs éclairages à LED et leurs murs peints, étaient vides, ou équipées de tables de réunion et de *paperboards*.

— Ces salles peuvent être louées par des entreprises pour l'organisation de séminaires ou de colloques ; ce qui permet d'amortir quelque peu les importants montants engloutis dans la rénovation du manoir, précisa le majordome avant d'inviter son public à rejoindre le hall.

— Les portes sur votre droite, désigna Parker en se dirigeant près de l'escalier, conduisent à la lingerie et à un cellier. Et celle-ci, à côté de celle du petit salon, donne accès à la bibliothèque et au grand salon. Nous vous laissons la surprise de leur découverte pour tout à heure, après le repas.

— Nous avons hâte de découvrir cela !, commenta Naveen Mishra.

— Quant à cet escalier en marbre italien de Carrare, continua Parker, il est l'un des rares vestiges d'origine à ne pas avoir subi de dégradation ou d'altération.

— Il est magnifique !, s'exclama Parvati Mishra à l'adresse de son mari.

— C'est en effet l'un des plus beaux éléments du manoir, confirma le majordome en commençant à gravir l'escalier en direction du premier étage.

Une épaisse moquette brune recouvrait le sol du long couloir. Si épaisse qu'on y distinguait à peine les semelles de ses propres chaussures.

Shawn Fletcher et Tricia Bennet, manifestement peu habitués à un tel luxe, se tenaient un peu en retrait, suivis par Allan Mackenzie, dont l'âge et les rhumatismes avaient rendu difficile la montée des escaliers.

Le premier étage comprenait quatre grandes chambres, deux salles de bains avec WC, un bureau et le fumoir, ainsi qu'une porte menant au deuxième étage.

Celui-ci était occupé par six chambres de taille plus modeste et par les deux dernières salles d'eau, également pourvues de toilettes. Une porte dérobée et apparemment condamnée conduisait aux combles, sous la toiture.

— Monsieur Mackenzie, appela Parker. Étant donné que vous êtes seul, nous vous avons réservé une des chambres du deuxième étage afin de laisser en priorité les plus grandes aux couples. J'espère que vous ne nous en tiendrez pas rigueur, ajouta-t-il avec toute la courtoisie dont il était capable dans le ton de sa voix.

— Euh, non…, répondit le vieil homme en grommelant légèrement. Du moment que vous m'aidez à monter là-haut !

— Naturellement, Monsieur Mackenzie, naturellement. J'y veillerai personnellement.

— Merci.

Parker distribua les clés des chambres aux invités. D'antiques clés en laiton, et non des cartes magnétiques d'hôtel, avant de reprendre la parole en regardant la montre à gousset glissée dans la poche gauche de son gilet.

— Vous pouvez disposer de vos chambres. Une lingère va passer vous déposer vos costumes dans les prochaines minutes. Merci de lui remettre les coupons que vous avez reçus dans vos enveloppes afin qu'elle puisse vous remettre le bon costume. Il est presque dix-neuf heures et quinze minutes, je vous donne rendez-vous à vingt heures précises dans la salle à manger. Merci de votre attention.

L'homme effectua un salut très professionnel puis se rapprocha d'Allan Mackenzie pour lui porter assistance.

13

Des coups frappés timidement à la porte quelques minutes plus tard annoncèrent l'arrivée de la lingère, qui se révéla être l'une des trois employées aperçues plus tôt en cuisine, mais habillée différemment pour ce nouveau rôle.

— Bonsoir Monsieur et Madame Waltham. Je m'appelle Caroline, je suis chargée de vous amener vos costumes.

Tyler donna les coupons à la jeune femme qui, en échange, leur remit à chacun l'habillement prévu pour rentrer dans la peau de leur personnage, protégé par des housses transparentes, ainsi que deux boîtes à chaussures.

— Je retourne en cuisine pour les derniers préparatifs du dîner mais, en cas de problème avec les costumes, n'hésitez pas à me sonner.

Le terme « sonner » choqua presque Eleanor, peu habituée à se faire servir de la sorte, tandis que Caroline désignait un cordon tissé à proximité de la tête de lit, solidement accroché au plafond à un mécanisme ancien.

— Excusez mon embarras, Caroline. Mais je constate que le moindre détail a été prévu pour renforcer l'immersion, y compris dans le choix du vocabulaire.

— C'est exact, madame, répondit la lingère, amusée, avant de saluer rapidement le couple puis de s'éclipser.

— Ça a quand même plus de classe qu'un coup de téléphone à la réception !, déclara Tyler à propos du cordon de sonnette. Mais heureusement pour nous, ce n'est pas *Le Ruban moucheté* !

— Encore une référence à Sherlock Holmes ? Il me semble que ma grand-mère disposait de ce système dans sa vieille maison de campagne dans le Kent, répondit Eleanor tout en alignant les housses sur le grand lit. J'ai le vague souvenir de l'avoir utilisé quand j'étais petite.

La chambre des Waltham était digne de celle d'un très bel hôtel.

Le décor présentait moins de détails ostentatoires ou historiques que les pièces du rez-de-chaussée, mais les boiseries, le tissu mural, le couvre-lit et le mobilier respiraient la qualité et traduisaient parfaitement les sensations de confort et de prestige qu'avaient dû éprouver les invités privilégiés du richissime Lord Henry Hissington au dix-neuvième siècle.

L'éclairage tamisé des ampoules-bougies, similaire à celui des autres pièces, apportait la touche finale à cette ambiance d'une autre époque, mais toujours inscrite dans l'imaginaire collectif britannique.

La reconstitution était réellement bluffante et Eleanor se sentait à des années-lumière de son appartement de Baker Street, moderne et truffé de technologie.

La murder party n'avait pas encore réellement débuté mais les Waltham étaient déjà enchantés par ce début de week-end. Elle, grâce à sa sensibilité esthétique ; lui, pour l'atmosphère de roman policier qui commençait à se mettre en place.

Avant de se changer, Eleanor sorti de sa poche son smartphone, dont elle avait presque totalement oublié l'existence, constata qu'il n'y avait effectivement aucun signal du moindre réseau téléphonique, ni Wi-Fi, et le rangea dans le tiroir du chevet situé de son côté du lit.

Eleanor et Tyler déballèrent leurs costumes avec d'infinies précautions, prenant le temps de glisser le zip des housses et d'en extraire les précieux vêtements pièce par pièce.

Précieux était le bon mot.

Sir Tyler Waltham, l'aristocrate du Lancashire, se voyait proposer une épaisse chemise en coton blanc, assortie d'une cravate en soie de couleur rouge grenat, et surtout d'un magnifique costume trois pièces en véritable tweed écossais brun clair, veiné de discrets fils du même rouge grenat que la cravate et d'autres, gris anthracite. Une tenue digne du fringant Docteur Watson !

Miss Eleanor Sherrinford, l'artiste bohème, porterait quant à elle une robe en soie couleur sable rosé, mettant sa chevelure rousse et bouclée en valeur. Heureusement pour Eleanor, la coupe de la robe n'était pas d'inspiration victorienne, et lui éviterait ainsi l'inconfort d'un corset, de multiples jupons ou d'une crinoline.

Il s'agissait plutôt d'une robe fourreau légèrement cintrée à la taille, et aux épaules à demi dénudées. Elle était agrémentée de quelques touches de dentelle de couleur plus soutenue aux poignets, à la taille et au col. Un châle de la même étoffe lui avait également été remis.

Des mocassins en cuir marron et des escarpins assortis à la couleur de la dentelle accompagnaient leurs tenues.

— Alors, comment me trouvez-vous, Sir Waltham ?, demanda Eleanor à son mari après avoir revêtu la robe, en appuyant sa question d'un clin d'œil malicieux.

— Vous êtes littéralement à croquer, Miss Sherrinford !, répondit Tyler en entrant dans le jeu de son épouse. Mais la bienséance m'interdit de m'épancher davantage en compliments pour l'instant, très chère. Nous avons d'abord diverses réjouissances auxquelles il nous faut prestement assister !

Eleanor éclata de rire et embrassa son mari. Tous deux se donnèrent la main avant de sortir de leur chambre.

À l'extérieur, au-delà des murs épais du manoir autrefois imaginé par Lord Henry Hissington et de ses volets clos, la pluie tombait de plus en plus fort.

La force du vent pouvait désormais être qualifiée de véritable tempête, soufflant et hurlant sans relâche dans le feuillage des arbres et à la surface du fleuve Lune, de part et d'autre de l'îlot.

14

Eleanor et Tyler descendirent nonchalamment l'escalier en marbre avec l'agréable impression d'être le couple le plus en vue lors d'une réception mondaine.

Ce ressenti, procuré par le décor et par leurs costumes, était à peine croyable et allait bien au-delà de ce qu'ils avaient espéré en s'inscrivant pour cette expérience ludique.

Dans le hall, Shawn Fletcher et Tricia Bennet attendaient, n'osant pas s'aventurer seuls vers la salle à manger. De jeunes urbains quelconques lors de leur arrivée dans la demeure, ils avaient maintenant la parfaite apparence d'un jeune couple d'aventuriers du début du vingtième siècle.

Un look proche de celui d'un aviateur britannique pour Shawn, tandis que la tenue portée par Tricia – saharienne ceinturée, pantalon bouffant et chapeau Fedora entouré d'un ruban – aurait aisément pu la faire passer pour une égyptologue réputée, à peine rentrée d'une expédition au pays des pharaons.

Habillés de la sorte, leur présence parmi les passagers du vapeur S.S. Karnak dans *Mort sur le Nil* n'aurait absolument pas dépareillé.

Eleanor s'approcha du jeune couple, suivie par Tyler, afin de tenter de les mettre à l'aise.

— Tricia, Shawn ! Le manoir et vos costumes vous plaisent ?

— Eleanor ? C'est bien votre prénom ?, balbutia Tricia.

— Oui, et voici Tyler, mon mari. Enfin… mon fiancé pour le week-end !, ajouta-t-elle avec un grand sourire.

— Nous sommes un peu surpris par tant de détails et tant d'immersion, répondit finalement Tricia à la question initiale d'Eleanor. Nous ne nous attendions pas à une telle organisation, c'est vraiment haut de gamme, même pour le prix du week-end.

— En effet ! Tout est réussi… sauf la météo ! Comment avez-vous connu le site internet et le manoir ?

— Par une publicité sur les réseaux sociaux, affirma Shawn de son accent de Manchester, en rejoignant la conversation. Je l'ai vue et j'en ai parlé à Tricia le soir même.

— Un peu comme nous, compléta Tyler. C'est Eleanor qui a découvert l'existence de ce site un peu par hasard, sur Facebook.

L'échange prit fin avec la descente de l'escalier par le couple Mishra ; un émerveillement visuel pour les quatre occupants du hall.

Parvati était drapée dans un magnifique *sari* de soie violette, porté par-dessus un costume *anarkali* composé d'un long haut de style redingote et d'un bas ajusté faits du même tissu. Des broderies orange et fuchsia rehaussaient le tout.

Le visage cuivré de la jeune femme était radieux.

Son mari, Naveen, n'était pas en reste avec une longue chemise de coton de couleur pourpre appelée *kurta*, qui descendait à mi-cuisses par-dessus un pantalon ocre, large de la taille aux genoux puis moulant jusqu'aux chevilles, dénommé *shalwar*.

Sa tenue mettait en valeur ses épais cheveux bruns bouclés.

— Vous êtes resplendissants !, s'exclama Eleanor lorsque Parvati et Naveen les rejoignirent devant les marches.

— Merci ! Ils n'ont pas lésiné sur la qualité des costumes d'après ce que je vois, constata Parvati en détaillant les tenues des autres hôtes.

— Malgré mes origines, je n'ai jamais mis les pieds en Inde, ajouta Naveen. Mais je n'ai jamais vu d'aussi beaux habits traditionnels, à part ceux que portaient mes parents, qu'ils faisaient venir directement de Mumbai ou de New Delhi.

Le bruit de pas lents sur le marbre attira l'attention des trois couples vers l'escalier.

Parker descendait les marches avec précaution en tenant aussi fermement que possible le bras d'Allan Mackenzie.

Comme supposé par tous, ce dernier avait revêtu un kilt traditionnel. Un modèle en tartan vert et rouge, accompagné d'une chemise blanche et d'une veste noire.

Un *sporran* tout autant traditionnel, solide sacoche de cuir, était accroché à la ceinture du vieil homme et les incontournables *ghillie brogues* chaussaient ses pieds.

— Je suis désolé pour vous, jeunes gens, mais j'ai malheureusement oublié ma cornemuse dans les Highlands !, clama Allan en exagérant volontairement son accent écossais.

Tous s'esclaffèrent.

— Il me semble que les Williamson sont déjà dans la salle à manger, formula le majordome. Ils descendaient les marches quand je suis monté chercher Monsieur Mackenzie.

— Allons les rejoindre sans plus attendre, suggéra Tyler.

Craig et Cordelia étaient effectivement présents dans la grande salle à manger, discutant à voix basse près de la cheminée, dans l'attente des autres convives.

Malgré un costume trois pièces noir, un chapeau haut-de-forme et une canne d'apparat au pommeau nacré, le comptable paraissait toujours aussi fade. Son couvre-chef réduisait toutefois notablement la différence de taille avec la longiligne Cordelia.

Celle-ci portait une robe moulante rouge sombre, finalement pas si éloignée de sa tenue initiale, affichant un décolleté vertigineux ainsi qu'une fente côté gauche remontant haut sur la cuisse. Elle tenait un porte-cigarette paresseusement et un diadème tape-à-l'œil tenait sa coiffure en place.

Les costumiers et accessoiristes avaient particulièrement bien ciblé les profils des participants et, en plus de les transposer à une époque différente, ils en avaient habilement exagéré certains points.

Ainsi, si Cordelia échappait de justesse à la vulgarité lors de sa première rencontre avec le reste du groupe, son nouvel accoutrement faisait désormais, et indubitablement, pencher la balance de ce côté. Ce qui ne semblait pas la déranger

15

Parker pria chacun de prendre place autour de la grande table en chêne, en alternant dans la mesure du possible hommes et femmes.

Deux couples d'un côté, deux couples de l'autre, tandis qu'Allan Mackenzie, faisant presque office de chef de famille, s'installa à l'extrémité la plus proche de la cheminée où un feu avait été allumé ; emplissant la vaste salle d'une douce chaleur et de l'agréable crépitement des bûches.

Depuis la visite de la salle à manger une heure auparavant, la table avait été décorée d'un long chemin de table, de bougeoirs en étain – avec de vraies bougies cette fois-ci – et la vaisselle en porcelaine était disposée soigneusement devant chaque invité, tout comme l'argenterie.

Caroline et les deux autres employées des cuisines, vêtues de robes noires, de tabliers blancs et de charlottes en dentelle blanche sur leurs cheveux, s'introduisirent discrètement dans la pièce et restèrent sagement alignées près de la porte ; réunissant ainsi au complet tous les occupants du manoir dans une seule pièce.

Parker se tint debout à l'autre extrémité de la table et prit la parole.

— Mesdames, Messieurs. Avant de vous laisser profiter d'un délicieux repas préparé par le meilleur traiteur de Lancaster, j'aimerais récapituler avec vous le déroulement de la murder party, et m'assurer que tout est bien compris par chacune et chacun d'entre vous.

Les convives acquiescèrent.

— Comme détaillé dans les brochures que vous avez reçues, continua le majordome, la murder party à proprement parler pourra débuter n'importe quand une fois le dîner terminé. L'un de vos personnages sera retrouvé sans vie, dans une des pièces du manoir, et dans des circonstances inexpliquées. Seuls moi-même et la future victime connaissons son identité, à condition bien entendu que chacun parmi vous ait gardé le secret, même entre conjoints. Le coupable sera également l'un d'entre vous, mais il faudra enquêter pour découvrir son identité. Pour cela, chacun parmi vous a reçu les grandes lignes du rôle qu'il doit jouer. Pour que le jeu fonctionne, vous devrez vous y tenir et devrez répondre aux questions des autres enquêteurs. Une part de bluff dans vos réponses sera admise, mais essayez de ne pas trop vous éloigner de vos consignes. Des indices seront également présents dans diverses pièces du manoir pour orienter votre recherche de la vérité.

— Que deviendra celui ou celle qui aura joué le rôle de la victime ?, demanda Tricia.

— Très bonne question, Madame Bennet. Le participant ou la participante assurant le rôle de victime a déjà reçu les instructions nécessaires. Sitôt la « scène de crime » débarrassée, il ou elle recevra un nouveau costume et une nouvelle identité : celle de l'inspecteur ou de l'inspectrice Alex Kayson de Scotland Yard en visite au manoir pour résoudre le crime. Vous remarquerez que nous avons choisi un prénom mixte pour ce rôle, ajouta Parker après une courte pause, comme s'il souhaitait mettre en exergue le sens extrême du détail apporté à l'événement.

— Vous avez vraiment pensé à tout, coupa Naveen avec une admiration non feinte.

— Nous sommes là pour ça Monsieur Mishra, répondit Parker, ravi que sa dernière remarque ait été entendue ; à mi-chemin entre une indéniable conscience professionnelle et sa parfaite incarnation du rôle de majordome. Le délai imparti pour résoudre l'énigme est fixé à dimanche, quinze heures. Vous serez alors invités à rejoindre la bibliothèque pour la confrontation entre enquêteurs. D'ici là, vous devrez impérativement garder secret le fruit de vos interrogatoires et investigations. Même s'il n'y a pas de prix à gagner, le plaisir de jeu sera d'autant plus grand si chacun respecte scrupuleusement les règles.

Dans l'assistance chacun opina du chef, puis Parker fit signe aux trois employées de s'avancer, ce qu'elles firent simultanément, du même pied, tel un ballet maintes et maintes fois répété.

— Voici Caroline, Abigail et Meredith, que vous avez déjà croisées lors de la visite des cuisines puis dans leur rôle de lingères. Si le repas de ce soir a été préparé par un traiteur et livré tout à l'heure, avant votre arrivée, ce sont ces trois charmantes jeunes femmes qui cuisineront pour vous demain soir. Étant donné que la météo s'annonçait incertaine depuis plusieurs jours, comme c'est très souvent le cas dans cette région en cette période de l'année, et afin d'éviter au traiteur de prendre des risques inutiles sur ces petites routes de campagne, nous avons opté pour cette solution que, je pense, vous apprécierez.

Les trois cuisinières rougirent et esquissèrent une respectueuse révérence à destination des personnes attablées, qui répondirent au désuet salut par de francs sourires.

— Caroline, Abigail et Meredith seront également à votre disposition pour vous préparer des sandwiches pour le déjeuner demain, un brunch dimanche en fin de matinée, des en-cas en journée, ou encore une tasse de thé ou de café lorsque vous le désirerez. Le petit-déjeuner sera pris ici-même demain et dimanche matin entre huit heures et neuf heures.

— C'est vraiment difficile de distinguer son rôle de son métier d'acteur, chuchota discrètement Eleanor à l'oreille de son mari. Quelle conviction ! Il aurait pu être un véritable et excellent majordome !

— Je trouve aussi, répondit Tyler à voix basse.

— Avez-vous des questions ?, interrogea Parker en effectuant un garde-à-vous presque militaire ; quasiment certain de n'avoir rien omis dans son discours.

16

Le vent et la pluie se déchaînaient à l'extérieur, faisant cingler les gouttes d'eau contre les carreaux des fenêtres de la salle à manger.

Malgré les volets de bois – fermés de l'intérieur des fenêtres, comme il était de coutume à l'époque de la construction de ces édifices, et non de l'extérieur – le martellement couvrait parfois le bruit des discussions et rappelait la réalité météorologique du Lancashire aux hôtes.

Après son allocution, Parker était parti en direction des cuisines, suivi de Caroline, Abigail et Meredith. Ils étaient revenus quelques minutes plus tard, précédés par le grincement des roulettes des dessertes sur le carrelage du hall puis sur le parquet vitrifié du petit salon.

Le repas, composé de diverses sortes de viandes chaudes et froides, de légumes rissolés et de pommes de terre au four, fut délicieux. Quant au vin proposé, le qualificatif le plus adapté était, de l'avis de tous, excellent. Sauf pour Naveen et Parvati qui préférèrent une eau pétillante.

La glace fut vite brisée, même en ce qui concernait Shawn et Tricia, et une ambiance chaleureusement s'installa rapidement parmi les convives.

Les discussions furent plus mondaines que pertinentes mais, entre les anecdotes d'Allan Mackenzie, les questions posées à Eleanor à propos de telle ou telle idée de décoration ou les histoires abracadabrantesques de Cordelia, tout le monde passa un très bon moment.

Toujours vigilants, mais jamais envahissants, le majordome et les cuisinières apparaissaient de temps à autre comme par magie pour faire circuler les plats ou resservir un verre.

Une immense corbeille de fruits exotiques fut déposée sur la table au moment du dessert, pour le plus grand plaisir, entre autres, des époux Mishra qui dégustèrent kiwis, caramboles et goyaves.

Parker revint quelques instants plus tard.

— Mesdames, Messieurs, nous espérons que vous avez apprécié ce dîner ! Je vous invite maintenant à me suivre jusqu'au grand salon, où nous vous offrirons des digestifs, puis à la bibliothèque, où vous pourrez poursuivre la soirée.

Tous félicitèrent Parker puis se levèrent de table dans un bruissement général de tissus afin de le suivre jusque dans le hall.

Le majordome se dressa à côté de la porte évoquée lors de la visite du manoir et s'adressa solennellement à ses invités.

— Le grand salon !, clama-t-il en ouvrant la porte et en les priant, d'un geste de la main, d'y pénétrer.

Comme il fallait s'y attendre, et puisque le petit salon était déjà d'une taille plus que respectable, le grand salon s'apparentait davantage à une véritable salle de réception qu'à une pièce de détente.

Même si le décor avait été restauré, et en partie réinventé pour gommer toute trace des modifications opérées dans les années soixante-dix par le précédent propriétaire, Eleanor s'imaginait parfaitement le faste qui avait dû accueillir les invités de Lord Henry Hissington autrefois, lors des opulentes fêtes qu'il donnait au manoir.

Une certaine démesure régnait dans la pièce : encore plus de bois, des lustres toujours plus majestueux, et d'immenses tentures en velours occultant les fenêtres du plafond jusqu'au sol.

D'imposants fauteuils en cuir marron disposés autour d'une grande table basse de style chinois, probablement une vraie pièce dégotée par un antiquaire, occupaient le cœur de cet écrin dédié au luxe et à l'apparat. Une nouvelle cheminée, semblable aux deux autres mais paraissant plus petite ici, occupait un pan du mur du fond.

Un plateau en argent, sur lequel étaient disposés des verres de tailles diverses, attendait au centre de la table.

Les quatre couples et le vieux Mackenzie prirent place dans les confortables fauteuils, et Parker s'approcha d'un mur.

D'une pression sur un panneau de bois de couleur légèrement différente, il révéla un bar astucieusement dissimulé derrière une cloison coulissante contenant, au bas mot, pas moins d'une vingtaine de bouteilles d'alcool.

Sans surprise, Allan Mackenzie opta pour un whisky écossais, qu'il sembla fortement apprécier. Il amusa d'ailleurs la galerie en affirmant qu'un whisky ne pouvait être qu'écossais et que tous les autres, sans exception – dont les pourtant réputés whiskies irlandais qu'il qualifia d'ersatz – n'étaient que des impostures.

— Quelle incroyable débauche de moyens !, confia Eleanor à son mari. Même sans compter le jeu à venir, ce week-end est déjà une réussite ! Merci mon cœur d'avoir accepté ma proposition.

— Te voir heureuse me fait plaisir, ma chérie ! C'est vrai que cet endroit est génial ! Il évoque en moi le décor de tellement de romans déjà lus ! J'ai l'impression d'être dans « une histoire dont vous êtes le héros », grâce à toi.

Tyler déposa tendrement un baiser sur la joue de sa femme, au moment où le majordome convia le petit groupe à se rendre dans la pièce d'à côté, l'ultime pièce du manoir à découvrir.

La bibliothèque, où aurait lieu dimanche la résolution de la murder party dont le lancement était imminent.

Accessible depuis le grand salon, la bibliothèque était finalement de taille modeste et, par rapport aux proportions du manoir et des pièces déjà visitées, devait se trouver sur l'arrière de la bâtisse, à l'extrémité de l'aile ouest.

Les murs étaient intégralement recouverts de rayonnages sur lesquels des centaines de livres, anciens ou plus récents, étaient alignés. L'univers de Tyler, plus que celui d'Eleanor.

Quelques fauteuils plus étroits que ceux du grand salon étaient disposés dans la pièce avec, à leurs côtés, des guéridons équipés des traditionnelles lampes de banquier aux abat-jours verts.

Les discussions continuèrent puis, à l'approche de vingt-trois heures, Parker annonça la fin de son service.

— Mesdames, Messieurs, si vous n'y voyez pas d'objection, je vais prendre congés. En cas de besoin, je loge dans une des chambres du deuxième étage, celui où se trouve la chambre de Monsieur Mackenzie ; tout comme Caroline, Meredith et Abigail. Nous resterons à votre disposition cette nuit, dans la mesure du possible.

— Merci Parker. Vous avez été parfait ce soir !, commenta Craig. Vraiment, bravo.

Tous acquiescèrent puis applaudirent pour féliciter la prestation du majordome.

— Merci à vous, Monsieur Williamson. Merci à vous tous. N'oubliez pas, ajouta-t-il, que le jeu peut débuter à n'importe quel moment à partir de maintenant. Bonne nuit.

— Bonne nuit Parker, à demain, répondirent-ils collégialement.

Puis il quitta la bibliothèque sans cérémonie, en laissant les invités entre eux.

17

Moins de trente minutes plus tard, commençant à sentir la fatigue de la journée pour certains, ou les effets léthargiques de l'alcool pour d'autres, les occupants de la bibliothèque décidèrent de regagner leurs chambres.

Après tout, il leur faudrait être au moins un minimum reposé, à défaut d'être entièrement frais et dispos, pour mener leur enquête au lancement du jeu.

Ils quittèrent les lieux après avoir jeté un dernier coup d'œil aux beautés de la bibliothèque et du grand salon, revinrent dans le hall, gravirent les escaliers, puis se séparèrent dans le couloir du premier étage en échangeant de cordiales poignées de main.

Les couples se dirigèrent vers leurs chambres respectives et Tyler, avant de rejoindre Eleanor, se proposa pour aider Mackenzie à monter les marches plus raides et plus étroites vers sa chambre au deuxième étage.

Quand Tyler Waltham revint dans sa chambre, Eleanor l'attendait, vêtue d'une nuisette en satin beige. Tyler – souriant et sans la nécessité de prononcer le moindre mot pour s'assurer du dessein de sa femme – se déshabilla à son tour, repoussant la fatigue naissante.

Ils se glissèrent dans le lit, éteignirent les lampes de chevet, et laissèrent l'intimité du couple s'exprimer pour célébrer, avec un peu de retard, leur sixième anniversaire de mariage.

Au cœur de la nuit, vers deux heures du matin, Hissington Hall était plongé dans l'obscurité la plus totale.

Tout le monde dormait et des ronflements résonnaient même dans certaines chambres, au premier comme au deuxième étage du manoir.

Comme dans chaque maison, et encore plus dans les anciennes demeures, des bruits inexistants le jour, ou inaudibles en raison de l'activité humaine, reprenaient leurs droits çà et là.

Les craquements naturels du bois, omniprésent dans le manoir. Le léger souffle d'un courant d'air souvent inexplicable. Le dernier crépitement d'un feu de cheminée éteint. Ou le bruit d'un matelas lorsque quelqu'un se retourne dans son sommeil, au paroxysme du plus beau des rêves ou du plus horrible des cauchemars.

Soudain, un tumulte se fit entendre quelque part dans Hissington Hall, réveillant certains des occupants des chambres.

Puis un cri lugubre, humain mais tellement sinistre qu'il ressemblait davantage à un râle animal, réveilla ceux qui dormaient plus profondément.

Tyler se redressa dans le lit, d'un bond.

— Tu… tu crois que c'est le début du jeu ?, questionna Eleanor d'une voix hésitante en cherchant à tâtons l'interrupteur de la lampe de chevet.

— Je ne sais pas, c'est plutôt étrange… Ne bouge pas d'ici, je vais voir ce qu'il se passe.

Tyler se leva, enfila rapidement son caleçon et un t-shirt et quitta aussitôt la chambre.

DEUXIÈME PARTIE :
Rendez-vous avec la mort

« Il y a des femmes qui ont la tête froide, et d'autres pas. Il y a aussi des hommes qui sont sentimentaux et confus, et d'autres lucides et rationnels. La différence réside uniquement dans l'organisation des cerveaux. »

Rendez-vous avec la mort (1938)
Agatha Christie

18

Dans le couloir, la lumière des fausses bougies des appliques murales diffusait un halo de lumière à intervalle régulier.

En fin de journée, cette lumière paraissait douce et accueillante. Mais maintenant, après un tel cri entendu au milieu de la nuit, elle contribuait à instaurer une ambiance inquiétante.

En refermant la porte de sa chambre, Tyler distingua, un peu plus loin, une silhouette vêtue de blanc. Pas un fantôme, bien entendu, mais bel et bien un humain.

Shawn Fletcher.

L'homme portait le même accoutrement que Tyler, uniforme nocturne masculin.

— Shawn ?, prononça Tyler sur un ton interrogatif, sans même savoir quelle question formuler exactement.

— Oui… euh… oui, répondit l'homme d'une voix trahissant un certain trouble que Tyler ne sut assimiler à de la peur, à de la méfiance ou à un soupçon de culpabilité. Je… j'ai entendu un cri ! Un cri effroyable ! Vous pensez que... c'est le jeu qui commence ?

— Ma femme vient de me poser la même question, mais je n'en sais rien. Si c'est le cas, c'est réussi pour l'ambiance, mais c'est un peu radical comme réveil !

Une porte claqua au deuxième étage, suivi du bruit de pas précipités.

Tyler et Shawn, pieds nus sur l'épaisse moquette, se dirigèrent au bout du couloir, vers la porte conduisant au niveau supérieur du manoir ; tandis que les Williamson, puis finalement Eleanor et Tricia, sortirent de leurs chambres après avoir entendu la cavalcade à l'étage.

Un assortiment varié et bien étrange de robes de chambres, de caleçons et de t-shirts.

Tyler tourna la poignée de la porte menant à l'escalier, qui était déjà entrouverte, et entrevit Parker en haut des marches, éclairé à contre-jour par une des appliques.

— Parker ? C'est… c'est le début du jeu ?, demanda-t-il.

Le majordome, en pyjama, paraissait confus, désorienté.

— Non, Monsieur Waltham. Ce… ce n'est pas le scénario.

— Alors, d'où vient ce cri ?, demanda Cordelia en surgissant derrière Craig ; ce dernier portant encore un masque de sommeil remonté sur le front.

— Je… je ne sais pas, Madame Williamson. Je… je me levais pour aller voir si monsieur Mackenzie avait entendu quelque chose. La porte de sa chambre est encore fermée, ajouta Parker, penaud, du haut des marches en désignant le couloir du deuxième étage.

— Je viens avec vous, annonça Tyler en commençant à gravir les marches, bientôt suivi par les autres pensionnaires du manoir.

À l'étage, Abigail, Meredith et Caroline sortirent à leur tour dans le couloir, alertées par le raffut, mais restèrent timidement devant les portes ouvertes de leurs chambres.

Celle de la chambre d'Allan Mackenzie était effectivement toujours fermée.

Parker s'en approcha.

— Monsieur Mackenzie ?, osa le majordome, sans toutefois crier.

Aucune réponse.

— Monsieur Mackenzie ?, essaya-t-il en haussant la voix.

Rien.

— C'est fermé de l'intérieur !, constata Tyler en essayant de tourner la poignée.

— Oh, mon Dieu !, s'écria Tricia. Et s'il lui était arrivé quelque chose ! S'il avait fait un malaise et avait essayé de nous appeler !

Shawn serra sa compagne contre lui.

— J'ai une clé universelle pour toutes les pièces du manoir dans ma chambre, se rappela le majordome. Je vais la chercher.

— Faites, Parker. Mais j'espère que Mackenzie n'a pas laissé sa clé dans la serrure, redouta Tyler.

Moins d'une minute plus tard, la clé tourna sans problème dans la serrure et la porte s'ouvrit sur une obscurité totale. D'une pression sur l'interrupteur situé à droite de la porte, Parker alluma la lumière.

La chambre était en ordre. La valise du vieil homme, ouverte, était posée sur la commode et le costume traditionnel écossais qu'il avait porté pour la soirée était soigneusement disposé sur le valet de chambre.

— Monsieur Mackenzie ?, renouvela Parker, sans succès.

Tyler s'approcha du lit, le secoua, et cria, nettement plus fort que Parker.

— Allan ?

Soudain, la couette valsa, et Allan Mackenzie se redressa dans son lit tel un diable en boîte, hagard et vêtu d'une épaisse liquette en coton blanc.

— Mais... Qu'est-ce que ?, prononça-t-il en articulant avec difficulté.

— Ah, Monsieur Mackenzie !, soupira Parker avec soulagement. Vous n'avez rien !

— Qu'est-ce que vous dites ?, cria le vieil Écossais.

— Vous êtes sain et sauf ! Nous étions inquiets ! Vous… vous n'avez pas entendu ce cri horrible ?

— Attendez !, hurla presque Allan en ouvrant le tiroir de son chevet pour en sortir deux prothèses auditives, qu'il ajusta sur ses oreilles.

Tous le regardèrent, interloqués, puis Parker résuma le déroulement des dernières minutes.

— Non, je n'ai rien entendu ! Sans ces fichus appareils, je suis sourd comme un pot ! Même si vous aviez défoncé cette porte, je n'aurais rien entendu. Ne vieillissez jamais, chers amis, ne vieillissez jamais !

— Alors… Dans ce cas, si ce n'est pas Allan, qui a crié ?, interrogea Cordelia, blafarde.

Les regards, dont l'intensité variait de l'hébétude à l'inquisition, se croisèrent au sein du groupe. Eleanor fut la première à réagir en poussant un petit cri d'effroi puis en prenant la parole :

— Est-ce que quelqu'un aurait vu Parvati et Naveen ?

Dans la confusion et la précipitation consécutives à l'effroyable cri nocturne, puis à la course de Parker dans le couloir du deuxième étage, personne n'avait réalisé que le couple Mishra manquait à l'appel.

19

La stupeur, pour ne pas dire une pointe de panique, gagna le petit groupe. Pourquoi n'avaient-ils pas remarqué l'absence des époux Mishra ?

À leur décharge, le cri d'effroi, le réveil en sursaut, la première nuit dans un lieu presque inconnu, le chahut à l'étage, puis la crainte que quelque chose de grave soit arrivé à Allan étaient autant de paramètres ayant contribué à cet oubli collectif.

— Vite ! Allons vérifier !, s'empressa de réagir Parker.

Tout le monde, à l'exception de Meredith, Abigail, Caroline – et d'Allan, toujours couché dans son lit – se précipita en sens inverse vers l'escalier descendant au premier étage.

Désormais pleinement réveillé, Parker frappa à la porte de la chambre des Mishra, avec davantage d'énergie que lors de la tentative de réveil d'Allan Mackenzie.

— Parvati ? Naveen ?, appela Eleanor. Vous êtes là ?

Pas de réponse.

— Oh non, ça ne va pas recommencer !, gémit Tricia.

Chacun se tut et retint sa respiration en entendant un léger bruit à l'intérieur de la chambre. Un bruit de pas sur le plancher, étouffé par l'épaisse moquette.

La porte s'ouvrit finalement, d'abord de quelques centimètres puis plus largement, sur le visage inquiet de Parvati.

Elle portait une robe de chambre en soie aux motifs orientaux et ses cheveux couleur noir de jais, attachés en une solide natte depuis son arrivée au manoir, tombaient maintenant en cascade sur ses épaules.

— Que se passe-t-il ?, demanda Parvati d'une voix endormie.

— Vous n'avez rien entendu ?, questionna Eleanor.

— Pas de cri ? Rien ?, ajouta Cordelia.

— Euh non… Vous savez, je prends des somnifères pour dormir depuis des années et… je n'ai rien entendu à part les coups de poing dans la porte à l'instant.

Parvati pivota sur elle-même, se tournant vers l'intérieur de la chambre, et reprit :

— Attendez, je vais demander à...

Tourmentée par ce réveil, étrange et inattendu, ainsi que par les questions pressantes des autres hôtes, elle poussa un cri étranglé, portant les mains devant sa bouche.

— Naveen ! Il n'est pas dans son lit !

— Dans son lit ?, s'interrogea Eleanor en jetant un œil dans la chambre et en apercevant deux lits d'une personne espacés par une commode.

— Euh… euh… oui…, balbutia Parvati, décontenancée. Nous… nous avons demandé des lits séparés. C'est… c'est dans nos coutumes quand nous ne dormons pas chez nous.

Comme animés par une même impulsion et par une horrible prémonition, les Waltham, les Williamson, Parvati, Tricia et Shawn se lancèrent sur les talons de Parker à travers le couloir, en direction de l'escalier en marbre.

Ils descendirent à toute vitesse les marches de la première section de l'escalier, celle qui menait au petit palier intermédiaire.

L'angle du mur lambrissé, à quatre-vingt-dix degrés, leur cachait encore pour quelques secondes les dernières marches, celles qui débouchaient dans le hall du manoir.

Des cris d'horreur accompagnèrent la scène qu'ils découvrirent alors.

Le mari de Parvati, Naveen Mishra, gisait en bas de l'escalier en t-shirt et pantalon de pyjama, le corps étendu sur le sol carrelé du grand vestibule. Sa tête reposait sur la première marche en marbre, et sous ses épais cheveux noirs s'écoulait doucement une flaque de sang.

Il était presque trois heures du matin à la belle horloge comtoise en acajou, dans le vestibule de Hissington Hall

20

Les cris de désespoir de Parvati résonnaient dans le hall, et probablement dans toutes les pièces du manoir.

Alertées par les hurlements, Caroline, Abigail et Meredith descendirent à leur tour le grand escalier. Abigail donnait le bras à Allan, toujours vêtu de sa liquette blanche, ce qui lui conférait presque l'allure d'un spectre. L'Écossais et les trois jeunes femmes furent également effrayés à la découverte du drame.

Seul Parker avait osé descendre les dernières marches jusqu'au corps, et le majordome, totalement incrédule et en pleine réflexion, se tenait maintenant debout à côté du pauvre Naveen.

Eleanor, Cordelia et Tricia tentaient de réconforter Parvati, et de l'empêcher de contempler trop longtemps le triste spectacle en la prenant dans leurs bras.

— Monsieur Waltham, demanda Parker.

— Oui Parker ?

— Pouvez-vous venir m'aider ?

— Vous aider à quoi ?, questionna Tyler, surpris.

— Vous travaillez pour l'État me semble-t-il ?

— Oui… mais… Je ne comprends pas…

— En l'absence de médecin, ou de policier, vous êtes ce qui se rapproche le plus d'une autorité légale. Pouvez-vous venir constater avec moi le…

Tyler comprit et opina avant que le majordome ne prononce le terrible mot en présence de Parvati.

Constater le décès.

Tyler descendit à son tour les dernières marches. Le majordome, puis le fonctionnaire des services fiscaux de l'administration britannique, cherchèrent l'un après l'autre le pouls de Naveen, suscitant une ultime lueur d'espoir chez les observateurs regroupés autour de Parvati sur le palier intermédiaire.

En vain.

Parker se redressa, hochant la tête négativement en direction du groupe, et Tyler baissa délicatement les paupières du défunt.

Les cris et les pleurs de Parvati, désormais veuve, reprirent de plus belle ; et seul le martellement de la pluie, qui n'avait toujours pas cessé à l'extérieur de Hissington Hall, était en mesure de rivaliser avec ces déchirants hurlements de détresse.

— Caroline, Abigail, apostropha Parker. Pouvez-vous aller chercher un drap à la lingerie pour couvrir ce malheureux ?

Les deux jeunes femmes acquiescèrent, descendirent l'escalier en contournant le corps, puis quittèrent le hall par l'une des portes situées sur la droite.

— Meredith, continua le majordome. Pouvez-vous aller dans mon bureau, dans l'aile est, et appeler la police de Lancaster depuis la ligne fixe ? Il doit bien y avoir quelqu'un de permanence au poste, même en pleine nuit et par ce temps.

La troisième jeune femme s'éclipsa par une autre porte.

— Comment… comment est-il mort ?, questionna Eleanor en parcourant du regard ses compagnons d'infortune.

— Est-il tombé tout seul ?, interrogea Craig.

— Si oui, que faisait-il dans l'escalier ?, ajouta Cordelia.

— J'ai entendu quelqu'un courir quelques instants avant son cri, précisa Tyler.

— Quelqu'un l'aurait donc poussé ?, s'inquiéta Tricia.

— Je suis sorti dans le couloir dès que j'ai entendu crier, mentionna Shawn.

— Assez, stop !, cria Allan, couvrant toutes les voix malgré son âge. La police le déterminera ! Voyez cette pauvre Parvati ! Elle est effondrée par la mort de son mari, et vous vous perdez déjà en conjectures !

Tous baissèrent les yeux, penauds.

— Cette fois, ce n'est pas un jeu, et nous ne sommes pas non plus dans un épisode d'*Inspecteur Barnaby* ou d'*Inspecteur Morse* !, ajouta le vieil homme pour mettre définitivement fin au débat.

— Vous avez raison, Allan, prononça doucement Eleanor après quelques instants de silence.

— Nous sommes désolés, adressa Cordelia à la femme en pleurs. Venez, nous allons vous accompagner à votre chambre.

Parvati approuva entre deux sanglots et retourna lentement à l'étage, encadrée et soutenue par Eleanor, Tricia et Cordelia.

Les hommes étaient absorbés par leurs réflexions, faisant les cent pas dans le hall, tandis que Caroline et Abigail, de retour de la lingerie, étendaient un drap blanc sur le cadavre de Naveen. Le drap ne tarda pas à s'imprégner de rouge au niveau de la tête en entrant en contact avec la flaque de sang.

Puis Meredith revint à son tour de l'aile est du manoir, visiblement affolée.

— Monsieur Parker, Monsieur Parker !

— Qu'y a-t-il, Meredith ? Vous avez appelé la police ?

— Non Monsieur…

— Non ? Mais pourquoi ?, s'emporta presque le majordome.

— J'ai essayé, Monsieur. Mais il n'y avait pas de tonalité dans le combiné. J'ai même essayé plusieurs fois.

Parker et les autres hommes la regardèrent, effarés, redoutant la suite des explications de la jeune femme.

— J'ai d'abord pensé à la tempête, à une ligne téléphonique rompue. Puis j'ai regardé sous le bureau.

— Et ?, la pressa Parker.

— La prise murale a été arrachée, elle a disparu ! Et les fils ont été coupés !

21

Davantage que la stupéfaction, c'est l'effroi qui frappa instantanément les personnes présentes dans le hall.

Car ce sabotage de la ligne téléphonique conduisait, dans leur esprit, à un minimum de trois graves conséquences.

Premièrement : la police ne pourrait pas venir aussi rapidement qu'espéré et il allait falloir gérer la question du corps de Naveen Mishra.

Deuxièmement : l'hypothèse d'un accident semblait désormais caduque et un meurtrier se cachait très certainement parmi les hôtes ou le personnel de la murder party, prêt à tout pour ne pas être découvert. Sans même tenir compte du mobile qui avait poussé cette personne à vouloir assassiner le mari de Parvati.

Troisièmement : sans téléphone fixe – ni téléphone portable en raison du brouilleur installé sur l'ensemble de la propriété – sans moyen de locomotion, et par une telle tempête, les occupants de Hissington Hall étaient maintenant coupés du monde ; au moins jusqu'au lendemain matin.

Craig et Shawn demeuraient immobiles, l'un près de l'horloge et l'autre à proximité de la porte menant vers le petit salon, donnant l'impression qu'ils avaient été subitement catapultés dans le manoir à leur insu, ou que leur nouveau rôle était celui de statues antiques.

Allan, au contraire, déambulait en cercle en baragouinant pour lui-même dans ce qui, aux oreilles londoniennes de Tyler, était probablement du gaélique écossais.

Parker s'approcha du trio de lingères-cuisinières.

— Mesdames, comme vous le savez maintenant, l'heure est grave. Nous sommes au milieu de la nuit et nous sommes bloqués au manoir dans les circonstances que vous connaissez. Néanmoins, j'aimerais faire un point avec tout le monde avant que nous retournions dans nos chambres, même si je doute que quiconque puisse fermer l'œil pour le reste de la nuit.

Toutes trois acquiescèrent.

— Pouvez-vous aller prévenir Mesdames Mishra, Waltham, Williamson et Bennet ? J'aimerais voir nos hôtes dans une quinzaine de minutes à la bibliothèque.

— Bien, monsieur, répondirent en chœur les trois femmes avant de contourner le plus largement possible la dépouille de Naveen.

Puis le majordome se tourna vers Tyler.

— Monsieur Waltham ? Puis-je vous demander un nouveau service ?

— Oui Parker. Mais, s'il vous plaît, appelez-moi simplement Tyler.

— D'accord, monsieur. Je veux dire, d'accord Tyler. Pouvez-vous m'aider à déplacer le corps de Monsieur Mishra ?

— Le déplacer ?

— Oui, nous ne savons pas quand la police sera en mesure de venir au manoir. Nous ne pouvons pas laisser un mort étendu dans le hall, même sous un drap, et passer à côté jusqu'à Dieu sait quand, comme s'il n'était pas là.

— Vous avez raison, Parker. Mais où comptez-vous le transporter ? Dans la dernière chambre libre au deuxième étage ?

— Non. Je doute fortement qu'Allan et mes collègues apprécient d'avoir le cadavre de Monsieur Mishra – paix à son âme – dans une chambre si proche de la leur.

— Où alors ?

— Là-bas, désigna-t-il d'un mouvement de tête. Derrière le cellier. Je ne vous l'ai pas montrée pendant la visite, mais il y a une chambre froide dissimulée derrière cette pièce.

— Eh bien ! Je me faisais une joie depuis notre arrivée de me retrouver au cœur d'une intrigue policière, mais j'étais loin de me douter jusqu'à quel point.

Les deux hommes se résignèrent à exécuter leur pesante tâche.

Parker demanda à Craig d'ouvrir les portes, puis, après avoir enlevé le drap, saisit les pieds du corps inanimé tandis que Tyler l'attrapa par les épaules.

Le malheureux Naveen n'était ni grand, ni spécialement musclé, et le transport de son cadavre jusqu'à la chambre froide ne demanda pas un très gros effort physique aux deux hommes.

22

Plus tôt dans la soirée, lors de leur première visite dans cette pièce après le repas, la bibliothèque était apparue comme un cocon protecteur de luxe et de sérénité, un lieu propice à l'évasion et envoûtant.

Mais à cet instant précis, après les événements récents et à cette heure tardive de la nuit – il était près de quatre heures du matin – la salle n'avait quasiment plus rien à voir avec cette première impression.

Les longues étagères couvertes de livres, attirant la curiosité au cours de la soirée, paraissaient maintenant austères. La lumière tamisée et pourtant agréable des lampes vertes n'était plus que passablement verdâtre.

Et la mine des convives finissait d'instaurer une ambiance tendue, presque poisseuse, et indéniablement lugubre.

Même la chaleur du feu allumé à la hâte par le majordome dans le grand salon, la pièce d'à côté, ne semblait avoir aucun effet pour adoucir l'atmosphère.

Tout le monde était présent, assis dans les fauteuils. Tyler et Eleanor, Craig et Cordelia, Shawn et Tricia, la malheureuse Parvati, Allan, Abigail, Meredith, Caroline et Parker.

Les regards de suspicion allaient de l'un à l'autre, augmentant encore la tension palpable.

Parker se leva et, fidèle à lui-même, prit la parole, sur un ton grave.

— Madame Mishra, je tiens en premier lieu à vous présenter nos plus sincères condoléances. En mon nom propre, mais aussi au nom de mon employeur. Je regrette profondément que ce week-end, qui devait être un excellent moment pour vous et votre époux, ait tourné au drame.

Parvati opina sans répondre, ne pouvant retenir de nouvelles larmes, puis Parker reprit en s'adressant cette fois à l'assemblée entière.

— Comme l'ont entendu ceux d'entre vous qui étaient tout à l'heure dans le hall quand Meredith est revenue de l'aile est, il apparaît que la ligne fixe de téléphone a été sabotée par une personne présente au manoir. Pourquoi ? Je ne le sais pas, mais je ne peux m'empêcher de penser qu'il y a un lien direct avec le tragique décès de Monsieur Mishra. Pire, continua Parker avec une certaine sévérité dans la voix, ceci semble indiquer que la mort de Monsieur Mishra n'est pas un accident, mais bel et bien un meurtre ! Un meurtre bien réel !

Un frisson traversa l'auditoire en réaction au terrible mot, doublé d'un murmure à peine réprimé.

Comme pour rendre l'annonce encore plus sinistre, une énorme bourrasque fit cingler la pluie violemment contre les fenêtres.

— Si le téléphone a été saboté après la mort de Monsieur Mishra, continua Parker, il s'agit peut-être d'une mort involontaire. Une dispute ayant éclaté en haut de l'escalier, puis une chose en entraînant une autre… Dans ce cas, le sabotage n'a été perpétré que pour retarder l'échéance.

Shawn déglutit bruyamment, ce que remarquèrent Eleanor et Meredith, assises non loin de lui.

— Si, au contraire, le téléphone a été mis hors service avant le drame, c'est qu'il s'agit d'un assassinat prémédité.

Un nouveau murmure, presque un gémissement de peur, circula dans la bibliothèque.

— Que voulez-vous dire, Parker ?, osa Cordelia. Que quelqu'un a tué Naveen, et que cette personne se trouve parmi nous ?

— Je n'accuse personne, madame, mais…

— C'est ridicule, coupa Craig, soudain hors de lui. Qui nous dit que ce n'est pas vous le coupable, Parker !

— Personne, Monsieur Williamson, répondit fermement le majordome. Mais si coupable il y a, il se trouve forcément dans cette pièce !

— Et si quelqu'un d'autre se cachait ailleurs dans le manoir, à notre insu ?, suggéra Tricia.

— C'est fort peu probable, Madame Bennet. Toutes les issues ont été fermées à clé après l'arrivée de Monsieur et Madame Waltham, et nous avons suffisamment circulé dans le manoir depuis. Nous aurions croisé cette personne.

— Vous ne pouvez pas en être certain !, attaqua de nouveau Craig. Cette bâtisse est immense ! Vous nous avez mis en danger, mon vieux, il y a eu mort d'homme ! Croyez-moi, ça ne va pas se passer comme ça ! Dès lundi, vous et votre société aurez de mes nouvelles, et de celles de mon avocat !

— Calmez-vous Craig, intima Tyler au comptable. Vous ne faites qu'empirer la situation. Faites-le au moins pour Parvati.

L'homme appliqua le conseil de Tyler, et se mura aussitôt dans le silence.

— Voilà où je veux en venir, recadra Parker. Nous ne savons pas grand-chose, et rien ne permet d'accuser l'un ou l'autre d'entre nous de la mort de Monsieur Mishra. Par ailleurs, nous ne pouvons ni appeler la police, ni sortir de Hissington Hall par cette tempête et en pleine nuit. Je vous propose donc de retourner calmement dans vos chambres, de vous y enfermer à clé, et d'attendre demain matin. Demain, nous prendrons le petit déjeuner dans la salle à manger tous ensemble à huit heures précises, puis nous aviserons ensuite. Maintenant, vous pouvez regagner vos chambres.

Tous se levèrent en silence, puis Parker ajouta :

— Monsieur Mackenzie, je vais vous aider à monter l'escalier, je vous rejoins dans une minute.

L'Écossais approuva.

— Madame Mishra, je suis sincèrement peiné. Caroline va rester avec vous dans votre chambre jusqu'à demain matin.

— Merci Parker, répondit Parvati avec difficulté.

Comme ce fut le cas quelques heures plus tôt, mais dans un contexte totalement différent, les pensionnaires du manoir se séparèrent dans le couloir du premier étage, chacun se dirigeant vers sa chambre sans demander son reste.

L'instant d'après, les clés tournèrent dans les serrures, gages pour chacun d'une pièce sécurisée pour quelques heures.

Car, au-delà du drame vécu cette nuit, nul n'oubliait que l'assassin de Naveen était certainement l'un d'entre eux.

Et qu'il était toujours en liberté.

23

Dans la chambre des Waltham, le silence régnait. Eleanor et Tyler s'étaient couchés sur le lit, draps et couette repoussés, sans la moindre envie de dormir.

Ils écoutaient le fracas de la pluie contre la fenêtre de leur chambre, seul bruit désormais audible dans le calme retrouvé du manoir.

Tyler fixait le plafond, l'air particulièrement soucieux.

— Chéri ?, questionna Eleanor. Quelque chose te tracasse ?

— Oui, je dois te confesser quelque chose.

Eleanor se redressa, yeux grand ouverts.

— Qu'y a-t-il ?, demanda-t-elle avec un léger tremblement dans la voix.

— Oh, rien de grave, ne t'en fais pas. Mais j'étais presque certain que ce n'était pas le début du jeu et que quelque chose de grave venait d'arriver quand j'ai entendu l'horrible cri de ce pauvre Naveen tout à l'heure.

— Ah bon ? Que veux-tu dire ?, s'empressa de demander la jeune femme.

— Je peux te le dire maintenant. Je…je devais être la victime.

Eleanor regarda son mari, perdue.

— Je veux dire, je devais être la victime du jeu. De la murder party.

Avec le drame de la nuit, Eleanor avait presque oublié la murder party.

— D'après le scénario qui m'avait été attribué, dans mon enveloppe cachetée, Sir Tyler Waltham devait être retrouvé mort, mais pas au milieu de la nuit. Au petit-déjeuner. C'est pourquoi ça m'a semblé bizarre cette nuit, et j'ai tout de suite supposé que c'était anormal. Je n'ai pas voulu t'affoler, il fallait d'abord que j'en aie le cœur net.

— Ton personnage devait être retrouvé mort dans quelles circonstances ?

— C'est là que ça devient étrange. Carrément troublant même ! Sir Tyler Waltham devait être découvert en bas de l'escalier… Poussé par quelqu'un !

L'épouse de Tyler blêmit.

— Et tu sais ce qui me tracasse encore plus ?

— Non, répondit Eleanor.

— C'est le comportement de Shawn quand je suis sorti dans le couloir. Il était déjà hors de sa chambre, pas très loin des escaliers, et il semblait pétrifié de me voir.

— Comme quelqu'un pris sur le vif ?, hasarda Eleanor.

— Exactement. J'ai oublié sa réaction ensuite, quand nous sommes montés dans la chambre d'Allan, puis quand nous avons découvert le corps de Naveen. Mais ça vient brusquement de me revenir à l'esprit.

— Tu as peut-être raison, souffla Eleanor, semblant elle aussi se souvenir de quelque chose d'important.

— Ah bon ?

— Oui… Tout à l'heure, dans la bibliothèque, j'ai entendu Shawn déglutir fortement quand Parker a parlé de dispute en haut des escaliers. Il semblait vraiment mal à l'aise…

— Mais quelle serait la raison de cette dispute ? Nous sommes tous des inconnus !

Eleanor resta silencieuse un instant, puis ajouta :

— Parker m'a semblé lui aussi avoir un comportement étrange après la découverte du corps de Naveen.

— C'est-à-dire ?

— Je ne sais pas, c'est assez difficile à expliquer… Mais c'est comme s'il avait changé de rôle à cet instant précis. Il a commencé à prendre les choses en main, avec un certain cran malgré les faits, à donner des directives aux filles.

— Oui.

— Et tout à l'heure, à la bibliothèque, il donnait vraiment l'impression de diriger une enquête. On aurait dit qu'il était dans son élément, plus assuré, moins gauche et moins coincé que dans son rôle de majordome.

— Je n'y avais pas spécialement prêté attention, mais en y repensant, c'est vrai. C'est peut-être sa vraie nature, ou un sens du devoir poussé à l'extrême en raison de ces circonstances exceptionnelles.

— Au point de prendre en charge le transport du corps dans la chambre froide presque aussi naturellement que s'il rangeait des courses au réfrigérateur ?

Tyler haussa les épaules, circonspect.

— Pauvre Parvati, soupira Eleanor après quelques secondes d'une nouvelle pause. Ils avaient l'air d'un couple si uni.

— Comme nous, je suppose.

— Oui, comme nous.

Pris d'un frisson, Tyler remonta légèrement le drap sur eux. La montée d'adrénaline engendrée par les événements des deux dernières heures commençait à se dissiper et la fatigue à faire son retour.

Peu de temps après, les époux Waltham sombrèrent dans un état situé quelque part entre torpeur et sommeil.

Avant de fermer l'œil pour quelques heures, l'esprit engourdi de la jeune femme se demanda s'ils avaient finalement eu raison de venir s'enfermer en ces lieux, éloignés de tout, pour le week-end.

24

On frappa délicatement à la porte de la chambre. Se demandant où il était, Tyler mit quelques secondes à émerger de son sommeil.

Après avoir ajusté son caleçon et son t-shirt, il se leva puis alla ouvrir.

— Bonjour Monsieur Waltham, prononça timidement Abigail dans l'embrasure de la porte. Monsieur Parker m'a chargée de vous réveiller pour le petit déjeuner.

— Quelle heure est-il ?, demanda Tyler entre deux bâillements difficilement réprimés.

— Il est sept heures, passé de quelques minutes. Le petit déjeuner aura lieu à huit heures dans la salle à manger, rappela consciencieusement Abigail.

— D'accord, nous y serons. Merci… euh… Abigail, répondit l'amateur de romans policiers en se grattant la tête, cheveux hirsutes.

Deux heures. Ils avaient dormi à peine plus de deux heures depuis leur assoupissement.

Tyler referma la porte, tandis qu'Abigail s'éloignait dans le couloir en vue d'aller frapper à la porte des Williamson, puis il alla s'asseoir au bord du lit pour réveiller Eleanor.

À l'instar de son mari, cette dernière se réveilla comme étourdie, le regard hagard. Plissant les paupières un instant, elle ouvrit finalement les yeux, l'air abattu.

Elle venait de se remémorer les événements de la nuit.

— Je… je n'ai pas rêvé ?, questionna-t-elle sans plus de précisions, sachant qu'elles étaient inutiles. Tout ceci est bien réel ?

— Malheureusement, oui, tout ceci est bien réel, ma chérie. Tu n'as pas rêvé. Ou, si tu préfères, ce cauchemar est bien réel.

— Je n'ai pas arrêté de penser à Parvati dans mon sommeil. Disons que j'ai plutôt somnolé d'ailleurs, ajouta la jeune femme en se redressant pour sortir du lit.

— Abigail est venue battre le rappel pour le petit-déjeuner. Nous avons juste le temps de passer par la salle de bains avant de nous y rendre.

— D'accord. Vas-y avant moi, si tu veux bien. J'ai besoin de quelques minutes supplémentaires pour finir de me réveiller.

— OK, chérie.

Tyler déposa un baiser sur le front de sa femme, saisit sa trousse de toilette, des sous-vêtements propres, un pantalon et un pull dans sa valise, puis quitta la chambre.

Parmi les consignes reçues avant le séjour, il avait été demandé aux hôtes d'amener une tenue de ville pour le réveil et le petit déjeuner, afin de les dispenser du port des splendides – mais peu pratiques – costumes aux premières heures de la journée.

De plus, la situation actuelle aurait rendu incongru, voire totalement inconvenant, le fait de porter ces déguisements pour un jeu finalement annulé.

Même si, naturellement, personne n'avait abordé le sujet de la murder party depuis le tragique décès du mari de Parvati.

Eleanor se leva finalement et s'assit sur le bord du matelas. Elle ouvrit le tiroir de la table de nuit pour en extraire son téléphone portable.

— Foutu brouilleur !, jura-t-elle en constatant, comme la veille au soir, l'absence totale de réseau téléphonique. Foutue murder party !, compléta-t-elle par dépit.

Elle éteignit son smartphone afin d'économiser la batterie pour le retour, dès qu'elle capterait de nouveau quelque chose, et le replaça dans le tiroir du chevet.

En allant jusqu'à la fenêtre, puis en ouvrant les volets, la jeune femme constata que la tempête était enfin terminée.

Il pleuvait toujours, mais il s'agissait maintenant d'une pluie légère, s'écoulant d'un ciel gris uniforme. Presque une météo londonienne. Le vent était également tombé.

La chambre des Waltham, située du côté nord du manoir, offrait une vue parfaite sur l'arrière de la propriété, où quelques arbres anciens bordaient la limite de l'îlot. Au-delà, la surface de la rivière Lune, semblable à un miroir, reflétait la teinte grise du ciel ; seulement perturbée par les ricochets provoqués par les gouttes de pluie.

Quelques minutes plus tard, Tyler revint de la salle de bains. Il était rafraîchi, coiffé, correctement habillé, mais sa mine trahissait son inquiétude et les cernes sous ses yeux témoignaient du manque de sommeil.

— J'ai croisé Cordelia dans le couloir, clama Tyler. Si tu la voyais sans maquillage !

— J'imagine très bien... Cette femme est la superficialité incarnée. Elle fait tout pour attirer l'attention sur elle. Au repas, hier soir, et même cette nuit quand nous sommes montés réveiller Allan, puis quand nous avons découvert le corps de Naveen, elle en faisait beaucoup trop. Ce n'était pas naturel.

— Pas naturel ? Tu veux dire que tu la suspectes d'être… impliquée dans la mort de Naveen ?

— Non, je ne pense pas… C'est une sensation étrange. Crois-moi, cette femme dissimule quelque chose.

— D'accord. Dans ce cas, je fais confiance à ton instinct féminin.

— Oui, les femmes sentent ce genre de choses. Et son mari est un sombre crétin. Tu as vu sa réaction cette nuit ? Il ne se souciait que de sa petite personne, dans tous les sens du terme, alors que Parvati venait de perdre son époux !

— Ah ça, oui, j'ai vite décelé que Craig était un imbécile. Et sans avoir recours au sixième sens féminin !, plaisanta Tyler pour tenter de détendre l'atmosphère, obtenant ainsi un demi-sourire de la part de son épouse.

— Mais assez parlé des Williamson. Je vais passer par la salle de bains. Tu m'attends avant de descendre ? Vu les circonstances, je ne me sens pas le courage d'affronter les regards des autres en arrivant toute seule dans la salle à manger.

— Pas de souci, ma chérie. Je t'attends ici. Et reste sur tes gardes dans les couloirs. On ne sait jamais.

Eleanor sortit un blue-jean, un débardeur et un gilet de sa valise puis, comme son mari quelques instants auparavant, elle se dirigea vers la salle de bains, sans grand entrain.

25

Quand les Waltham descendirent le grand escalier en marbre, Eleanor ne put s'empêcher de repenser à la veille au soir, lorsqu'ils avaient effectué la même descente, vêtus de leurs costumes d'époque.

Mais tout avait changé depuis. Même le somptueux décor du vestibule de Hissington Hall, qui avait subjugué la décoratrice d'intérieur à son arrivée, paraissait désormais artificiel et étrangement menaçant.

Eleanor remarqua que le carrelage avait été nettoyé méticuleusement, probablement par Meredith ou Caroline, et qu'il ne restait plus une seule trace du sang du malheureux Naveen à proximité de l'escalier.

Comme la veille, Shawn Fletcher et Tricia Bennet attendaient dans le hall. Cette fois, cependant, ils avaient perdu la superbe que leur procuraient leurs costumes d'aventuriers. Leur look *streetwear* débraillé avait repris le dessus.

Des salutations plutôt distantes furent échangées par les deux couples avant de se diriger vers la salle à manger, dans une ambiance lourde.

Les volets de la vaste pièce étaient totalement ouverts, laissant pénétrer une lumière faible et pâle jusqu'à la table. Allan Mackenzie était déjà attablé, vêtu d'une épaisse robe de chambre en laine.

— *Halò*, prononça le vieil homme en gaélique écossais, peut-être par réflexe, à l'arrivée des quatre jeunes gens.

— Bonjour Allan.

Deux dessertes avaient été amenées dans la pièce, proposant café, thé, jus d'orange, confitures, pain grillé, bacon, œufs, et même saucisses, aux convives.

Un petit-déjeuner aux allures de festin, s'il avait eu lieu un autre jour, mais même les bonnes odeurs des mets préparés ne mirent pas vraiment les pensionnaires en appétit. La plupart se contentèrent du minimum pour se sustenter.

Eleanor et Tyler étaient assis côte à côte près d'Allan, et en face de Tricia et Shawn, quand les

Williamson firent leur apparition dans la salle à manger.

Cordelia portait une robe d'intérieur peu adaptée aux circonstances – à nouveau rouge et tape-à-l'œil – et Craig, à ses côtés, paraissait encore plus petit que la veille dans un survêtement italien bariolé et mal taillé.

Il lança un regard noir à la tablée en guise de bonjour.

Puis le moment redouté arriva.

Parker, toujours impeccablement mis dans sa tenue de majordome, pénétra dans la salle en tenant le bras de Parvati.

L'infortunée veuve, vêtue d'un *sari* vert foncé et d'une pièce de tissu assorti attachée dans ses cheveux, semblait avoir pris dix ans en l'espace de quelques heures. Ses traits étaient tirés, ses yeux rougis, ses mouvements dépourvus de la moindre énergie.

— Bonjour Parvati, murmurèrent les autres sur un ton se voulant compatissant, mais à l'effet finalement lugubre.

La jeune femme acquiesça par politesse, mais resta silencieuse. Elle s'installa à l'autre extrémité de la table devant une tasse de thé déposée par le majordome.

Sa mission accomplie, ce dernier se dressa non loin de la table, à proximité d'Allan et de Shawn, puis attendit la fin du petit déjeuner en se fondant dans le décor.

— Mesdames, Messieurs, lança Parker tandis que Caroline et Abigail commençaient à débarrasser la table et à remporter en cuisine l'importante quantité de nourriture non consommée. Je tiens à vous renouveler nos plus sincères excuses concernant la tournure prise par ce week-end.

La tirade fut accueillie par un bruissement de voix proche du bourdonnement.

— J'espère que ces quelques heures de sommeil ou de repos auront apaisé les tensions. En ce sens, et après avoir moi-même beaucoup réfléchi au sujet depuis les événements survenus cette nuit, j'aimerais vous encourager à considérer le tragique décès de Monsieur Mishra comme résultant d'un accident, et non d'un acte délibéré de violence.

Parvati leva le regard vers le majordome.

— Nous allons devoir passer plusieurs heures ensemble à Hissington Hall, dans le pire des cas jusqu'à demain, et je pense qu'il sera grandement bénéfique pour tout le monde de préserver une atmosphère la plus sereine possible, malgré les circonstances.

Tous opinèrent aux propos de Parker, mais à différents niveaux de conviction.

— Je pense que vous l'aurez compris, continua le majordome, mais la murder party ne pourra pas avoir lieu dans ces conditions, et je me vois obligé d'annuler le jeu. Quand j'aurai pu parler avec mes employeurs, je suis certain que nous trouverons un moyen de vous dédommager financièrement ou de vous offrir un autre séjour au manoir.

— Ne comptez pas sur moi pour remettre les pieds ici, grommela Craig.

Cordelia tapota discrètement le bras de son mari pour lui signifier de se taire. Parker fit mine de ne pas avoir entendu la protestation du comptable, puis reprit son propos.

— Je tenais également à vous informer que j'ai, tôt ce matin, tenté de jeter un œil à l'installation téléphonique de mon bureau, mais en vain. Celui ou celle qui l'a saccagée l'a fait de manière à rendre toute réparation impossible. Nous ne pouvons donc appeler personne.

— Où se situe le brouilleur, Parker ?, demanda Shawn.

— Sur le toit, monsieur. Plus précisément au point central de la toiture.

— Ne pouvons-nous pas l'atteindre ? Avez-vous une échelle pour monter sur le toit ?

— Non, Monsieur Fletcher. C'est impossible. C'est bien trop haut, vous risqueriez de glisser sur le toit après la pluie de cette nuit et vous vous rompriez le cou, assurément.

— Et si nous coupions le courant du manoir ? Le brouilleur cesserait de fonctionner, non ?

— Là encore, je ne crois pas, monsieur. Malheureusement pour nous, le brouilleur de fréquences installé sur le toit est un modèle haut de gamme, et il est équipé d'une batterie de secours offrant une autonomie de plus de vingt-quatre heures pour pallier à toute panne d'électricité. Il nous faudrait donc nous priver l'électricité, notamment dans vos chambres puisque le chauffage du rez-de-chaussée est assuré par les cheminées, mais surtout d'éclairage jusqu'à demain.

— C'est bien notre chance…, souffla Tricia au milieu d'un brouhaha qui commençait à monter autour de la table à propos de la décision de couper ou de maintenir l'électricité.

— Mais j'ai peut-être une idée pour nous sortir d'ici, déclara Parker en haussant très légèrement la voix ; ce qui fit taire les membres du groupe, et converger les regards vers le majordome.

— Nous vous écoutons, Parker !, entreprit Allan après une pause trop longue et trop théâtrale à son goût.

— Bien. Hissington Hall est situé à environ seize kilomètres de la sortie de Lancaster. Comme vous l'avez certainement constaté en arrivant hier en fin d'après-midi, la route entre la ville et le manoir est de mauvaise qualité, se termine par un chemin de terre à l'approche de l'îlot, et elle doit être parsemée de branches d'arbres et de flaques d'eau suite à la tempête de cette nuit. Mais si quelqu'un pouvait se rendre à pied jusqu'à Lancaster et prévenir la police, il pourrait être de retour en début d'après-midi, accompagné des forces de l'ordre et de secours, et ainsi nous éviter de passer d'autres longues heures isolés ici. Et le corps de Monsieur Mishra pourrait enfin recevoir le traitement qui lui est dû.

Le silence persista dans l'assistance.

— J'y serais bien allé moi-même, mais je suis un piètre marcheur, croyez-moi. Et je pense être plus utile pour vous tous en restant au manoir.

— Je vais m'y rendre, formula Tyler, à la surprise de son épouse.

— Tu es certain ?, lui demanda-t-elle, inquiète.

— Oui, ça va aller. Je ne crains rien dehors, à part éventuellement un peu de pluie. Ne t'en fais pas, je ferai au plus vite.

— Merci Monsieur Waltham, commenta Parker. C'est très généreux de votre part. Et si vous n'avez pas de vêtement imperméable dans votre valise, je peux vous prêter mon coupe-vent. Il est dans mon bureau.

— Merci Tyler, prononça Parvati à voix basse en joignant les mains dans un geste de reconnaissance.

Une quinzaine de minutes plus tard, Tyler se tenait à l'extérieur du manoir, devant la lourde porte en chêne massif. Équipé du coupe-vent kaki de Parker et de bottes en caoutchouc assorties, il s'engagea sous une pluie fine et collante sur la passerelle de pierre rendue glissante, puis se dirigea vers le chemin terreux longeant le cours d'eau.

Il s'imaginait presque en train de parcourir la lande mystérieuse du Dartmoor, au cœur du Devon, dans *Le Chien des Baskerville* ; et voir surgir la monstrueuse bête aux yeux rouges devant lui ne l'aurait qu'à peine surpris.

26

Après le départ de Tyler pour Lancaster, les autres convives ne restèrent pas longtemps ensemble dans la salle à manger. Trop de suspicion subsistait entre eux malgré les paroles que Parker avait voulues bienveillantes.

Si un assassin se cachait parmi les pensionnaires de Hissington Hall – invités comme membres du personnel – nul n'était à l'abri. Méfiance et vigilance resteraient de mise jusqu'au retour de Tyler et jusqu'à l'arrivée des secours ou de la police.

Ainsi, le groupe se dispersa à travers le manoir.

Parvati déclara vouloir prendre un peu l'air à l'extérieur de la demeure, malgré la légère pluie, et demanda à Eleanor de l'accompagner. La jeune femme se serait proposée d'elle-même, même si la veuve ne lui avait pas demandé.

Se tenant par le bras, sous un parapluie, elles firent le tour du manoir, en silence. Parvati plongée dans ses pensées ; Eleanor admirant les détails architecturaux extérieurs de Hissington Hall et les quelques plantations vivaces du minuscule jardin attenant à la façade nord.

La balade fut rapide en raison de la faible surface de la propriété entourée d'eau. Les deux femmes retournèrent à l'intérieur, au sec, au bout d'une dizaine de minutes. Elles rendirent le parapluie à Caroline, qui traversait le hall à cet instant en poussant vers la cuisine l'une des dessertes du petit-déjeuner, puis se dirigèrent séparément vers leurs chambres respectives au premier étage.

Les Williamson, quant à eux, optèrent pour le petit salon. Craig, le regard sombre, prit place dans l'un des fauteuils et Cordelia, après être repassée par sa chambre pour revêtir la robe qu'elle portait la veille en arrivant au manoir, déambula dans la pièce en faisait mine de s'intéresser à la décoration. Leur comportement n'aurait pas été très différent si la pièce avait été remplie d'une foule d'invités mondains.

Allan s'isola dans sa chambre sitôt le petit-déjeuner fini. Arrivé le premier dans la salle à manger, il fut également le dernier à la quitter, avec l'aide de Meredith. Malgré son âge, il était également celui qui avait le moins perdu son appétit, et il demanda même à ce qu'on lui réserve les quelques saucisses restantes pour un en-cas en fin de matinée.

Contre toute attente, Tricia et Shawn se rendirent à la bibliothèque, et choisirent chacun un livre un peu au hasard avant de s'installer dans les confortables fauteuils, offrant un contraste saisissant entre leur apparence négligée et leur activité du moment.

Enfin, Parker, Abigail, Meredith et Caroline se retirèrent dans l'aile est du manoir pour y vaquer à leurs occupations, entre vaisselle et préparation des sandwiches prévus pour le déjeuner.

Un morne samedi matin pour tous, bien loin de celui initialement attendu.

Dans sa chambre, Eleanor regrettait d'avoir presque imposé ce week-end à son mari. La soirée du vendredi avait été à la hauteur de ses espoirs, mais depuis le milieu de la nuit, tout avait viré au cauchemar. Elle, qui ne connaissait pourtant pas les Mishra vingt-quatre heures plus tôt, n'arrivait pas à évacuer le drame de ses pensées.

Et maintenant, elle se retrouvait seule dans cette chambre, Tyler battant la campagne à pied et sous la pluie en quête de renfort. Elle dégota un magazine de *sudoku* qu'elle avait embarqué dans sa valise au cas où et effectua quelques grilles. De manière automatique, car la vision de Naveen étendu en bas des escaliers se superposait sans cesse aux pages et aux cases remplies de chiffres.

Vers onze heures et trente minutes, Eleanor distingua le son d'un carillon au rez-de-chaussée, largement étouffé par l'épaisse porte de sa chambre. Elle posa son magazine sur le couvre-lit et tendit l'oreille.

Mais il était trop tôt pour que ce soit déjà Tyler. Un aller-retour entre Hissington Hall et Lancaster à pied, par ce temps, sur un terrain inconnu et accidenté demanderait presque le double de temps. Même en comptant le trajet du retour en voiture.

Elle se dit qu'il s'agissait peut-être de l'horloge comtoise du hall qui sonnait la demie, même s'il ne lui semblait pas l'avoir entendue auparavant.

Quelques minutes plus tard, on frappa rapidement à la porte, qui s'ouvrit sans attendre de réponse sur le visage préoccupé d'Abigail.

— Madame Waltham ? Votre mari est de retour !

— Déjà ?

— Oui…

— La police est avec lui ? Ou quelqu'un d'autre ?

— Non, madame. Il est seul. Votre mari et Monsieur Parker m'ont chargée de prévenir tout le monde, ils vont nous parler dans la bibliothèque dans quelques minutes.

27

Eleanor quitta précipitamment sa chambre, laissant l'employée monter au deuxième étage pour prévenir Allan et aider l'aîné des invités à rejoindre l'assemblée à la bibliothèque.

Quelque chose clochait pour que Tyler soit déjà de retour au manoir. Déjà de retour, et seul qui plus est.

En chemin elle croisa Cordelia dans le hall, qui sortait du petit salon sans Craig. Le comptable, boudant toujours, avait décidé de ne pas répondre présent à cette convocation de dernière minute, et de manifester sa désapprobation en restant dans son fauteuil. Ensemble, mais sans s'adresser la parole, les deux femmes traversèrent le grand salon pour se rendre à la bibliothèque.

Le majordome et Tyler étaient déjà sur place et échangeaient à voix basse. Tout comme Shawn et Tricia, qui ne semblaient pas avoir quitté la pièce de toute la matinée. Meredith et Caroline, qu'Eleanor n'aperçut pas immédiatement, se tenaient discrètement près de la porte, mains croisées derrière le dos.

Eleanor alla serrer son mari dans ses bras avant de prendre place dans un fauteuil. Tyler était décoiffé, ses cheveux étaient encore largement humides, il était en chaussettes et son pantalon était crotté au-dessus de la limite des bottes et jusqu'à mi-cuisses.

Enfin, Abigail et Allan apparurent sur le seuil de la porte, ce dernier portant de nouveau son kilt et son élégante veste de la veille.

— Madame Mishra préfère ne pas se joindre à nous, annonça Abigail à l'attention du groupe mais en regardant plus particulièrement le majordome. Elle préfère rester seule.

— C'est compréhensible, répondit Parker en hochant la tête.

— Mon mari non plus ne viendra pas, ajouta Cordelia. Il ne juge pas cette réunion nécessaire et m'a chargée de lui en faire un compte-rendu.

— Soit, c'est son droit le plus strict !, rétorqua l'homme sur un ton critique, avant de céder la parole à Tyler.

Le mari d'Eleanor commença, l'air grave, en choisissant ses mots avec soin :

— Merci d'être venus m'écouter. Je ne vais pas faire durer le suspens : je suis désolé, je n'ai pas réussi à me rendre jusqu'à Lancaster.

En réaction à cette phrase lourde de conséquences, un frisson d'effroi, plus que de déception, parcourut l'assistance. Tyler reprit :

— J'ai d'abord remonté le chemin de terre, puis gagné la route sans encombre. Mais la tempête de cette nuit a été vraiment violente et, malheureusement, j'ai été stoppé au bout de quelques kilomètres. Plusieurs arbres ont été abattus par le vent et barrent désormais le passage. J'ai essayé d'en dégager un, celui dont le tronc était le moins épais, mais il n'a pas bougé d'un pouce. Même à plusieurs hommes, nous n'y arriverions pas. Je suis vraiment désolé.

Un silence semblable à une chape de plomb emplit la bibliothèque.

— Il n'y a pas d'autre route ?, questionna Tricia au bout de plusieurs secondes avec hésitation, comme s'il s'agissait d'un sujet prohibé.

— Non, Madame Bennet. Il s'agit malheureusement de la seule voie d'accès à Hissington Hall, certifia Parker.

— J'ai alors fait demi-tour, expliqua Tyler, et j'ai essayé de couper par la forêt. Mais là encore, j'ai été bloqué par des arbres abattus et par d'immenses flaques de boue. J'ai tourné en rond un long moment, avant de retrouver la route et de revenir ici. Encore une fois, je suis vraiment désolé d'avoir échoué.

— Ce n'est pas grave Tyler, concéda Shawn. Au moins, vous avez essayé.

— Notre seul espoir reste donc d'attendre le retour d'Howard demain, qu'il se rende compte que la route est bloquée, et qu'il fasse venir de l'aide de son côté pour la déblayer ?, formula Eleanor.

— Je le crains Madame, répondit le majordome, contrit.

La frustration se lisait sur le visage de tous, et plus particulièrement sur celui de Tyler. Tous restèrent silencieux un moment, échafaudant des plans mentalement pour tenter de trouver d'autres solutions.

— À tout hasard Parker, intervint Shawn, y a-t-il une barque ou un bateau gonflable quelque part dans le manoir ? Je suis sportif, et plutôt bon rameur, je pourrais essayer de me rendre jusqu'à Lancaster en remontant le fleuve.

Tricia frémit à cette idée.

— Non, nous n'avons rien de ce type ici, Monsieur Fletcher. Vous m'en voyez désolé. Sans oublier que l'îlot sur lequel nous nous trouvons se situe à bord abrupt à quelques mètres au-dessus du niveau de l'eau. Il serait très difficile de mettre une embarcation à l'eau dans ces conditions. Vous êtes décidément très casse-cou, Monsieur.

— J'essaye juste de trouver un moyen de partir d'ici.

— C'est tout à votre honneur, monsieur, sourit le majordome avec un flegme constant et naturel malgré la délicate situation.

— Je commence à penser que cet homme est la réincarnation du capitaine du Titanic, chuchota Shawn à l'oreille de Tricia. Il resterait jusqu'au bout sur le navire même si c'était sans espoir.

— Bien, reprit Parker alors que les présents se levaient et s'apprêtaient à quitter la bibliothèque. Je sais que le moment est plutôt mal choisi, mais le déjeuner sera servi dans la salle à manger d'ici trente minutes. Comme il s'agit de sandwiches froids, libre à vous de vous y rendre quand il vous plaira. Et n'hésitez pas à nous signaler s'il vous manque quelque chose.

Tous acquiescèrent.

— Je vais aller annoncer la nouvelle à Parvati concernant la route bloquée, exposa Eleanor à son mari tandis qu'ils traversaient le grand salon en direction du hall, tous deux en tête du cortège.

— Oui, bonne idée.

— J'espère qu'elle…

Eleanor ouvrit la porte donnant sur le vaste vestibule. Elle ne put finir sa phrase et poussa un cri qui glaça le sang de ses compagnons.

28

Le corps de Parvati Mishra gisait sur le carrelage en damier du hall, à quelques centimètres seulement de l'endroit où Naveen avait été retrouvé mort une dizaine d'heures plus tôt.

Son *sari* était froissé et le tissu passé dans ses cheveux trempait dans une flaque de sang provenant de sous son crâne.

— Non, c'est impossible !, hurla Eleanor, vacillante et maintenue par son mari.

D'autres cris résonnèrent derrière eux, au fur et à mesure que tous arrivèrent dans l'entrée du manoir.

— Je lui ai parlé il y a à peine quinze minutes !, cria à son tour Abigail, complètement pétrifiée. C'est horrible !

— Ça ne peut pas être une coïncidence, s'écria Tricia. D'abord Naveen ! Puis sa femme ! Que se passe-t-il ici ?

— S'il vous plaît, mesdames, s'il vous plaît, intervint Parker. Ne cédez pas à la panique. Gardez la tête froide !

Craig arriva du petit salon, alerté par les cris, et chercha Cordelia du regard.

— Monsieur Waltham ?, demanda le majordome. Pouvez-vous…

— Oui…, répondit Tyler en devinant ce que Parker attendait de lui.

Il s'approcha de Parvati et s'agenouilla pour chercher le pouls.

— Je suis désolé. Il n'y a plus rien à faire pour elle.

— Mais c'est affreux !, s'écria Cordelia sur un ton légèrement exagéré.

Des nerfs commencèrent à lâcher, provoquant quelques sanglots parmi les membres du groupe.

— Comment est-ce possible ?, s'interrogea Shawn. Vous pensez que... que c'est volontaire ? Qu'elle… a mis fin à ses jours ?

Personne n'osa répondre.

— Si ce n'est pas un suicide, demanda Allan, alors, qui l'a poussée ? Nous étions tous dans la même pièce !

— Tous ? Non ! Lui n'était pas avec nous !, s'indigna Eleanor en pointant Craig d'un doigt accusateur.

— Moi ? Mais… j'étais dans le petit salon ! Je n'ai pas quitté mon fauteuil depuis ce matin, je peux vous le jurer !

Le comptable transpirait abondamment, cerné de toutes parts par les regards de ses pairs. Une vive tension circulait désormais parmi les protagonistes subitement propulsés dans ce nouveau drame.

— Mon mari n'a rien fait !, objecta Cordelia d'une voix stridente. Je suis restée avec lui toute la matinée !

— Mais pas au cours des dernières minutes !, renchérit Eleanor, dont le trouble et le stress des dernières heures s'étaient maintenant transformés en une réelle colère.

— Mesdames, ça ne…, tenta Parker, impuissant.

— Et qui nous dit que ce n'est pas Allan qui l'a poussée !, essaya d'argumenter Cordelia pour dédouaner son mari de toute implication dans l'assassinat. Il a été le dernier à arriver à la bibliothèque !

— J'étais avec Monsieur Mackenzie, je l'aidais à descendre l'escalier !, réfuta aussitôt Abigail avant que l'Écossais ne se défende à son tour, outré par les propos de la grande blonde hystérique.

— Vous pourriez être complices !, insinua Cordelia. Qui soupçonnerait un vieillard comme vous ?

— Je ne vous permets pas !, s'indigna Allan, dont le courroux amplifiait son accent rhotique.

— D'ailleurs, qui sera votre prochaine victime ? Mon mari ? Moi ? Vous allez tous nous éliminer les uns après les autres ?

— Cette femme est folle furieuse !, s'époumona le vieil homme, la face aussi rouge que le tartan de son kilt.

— Stop, STOP !

Tous cessèrent de parler et regardèrent Parker qui, le visage écarlate, venait d'atteindre les limites de sa placidité et de sortir de ses gonds. Même son crâne presque totalement dégarni semblait proche de l'ébullition.

— Je ne veux plus entendre personne !, asséna-t-il d'un ton n'autorisant aucune contestation.

Puis, retrouvant un peu son calme, et perdant en couleur, il poursuivit :

— Nous n'avons aucune preuve contre Craig ou Allan. Je veux dire contre Messieurs Williamson et Mackenzie. Pas plus que contre n'importe lequel d'entre nous !

— Parker, le coupa Shawn malgré la consigne du majordome, admettez tout de même que ce nouveau décès est effrayant ! L'un d'entre nous, comme vous le dites, est un assassin ! Avec deux meurtres au compteur désormais !

— Nous n'en savons rien. Et qui vous dit qu'il s'agit de la même personne ?, fit judicieusement remarquer Craig, soutenu par un hochement de tête de Cordelia.

— Ou bien, reprit Parker en haussant de nouveau la voix pour se faire respecter, il nous faut envisager une autre explication.

— Laquelle ?, demanda Eleanor.

— Il y a quelqu'un d'autre à Hissington Hall. Un intrus qui a commis ces deux horribles meurtres, et qui est également responsable du sabotage de la ligne téléphonique.

— C'est ce que je vous avais dit !, s'exclama Tricia.

— Je sais, Madame Bennet. Je n'y croyais pas, mais vous aviez peut-être raison. Nous devons désormais sérieusement supposer qu'une personne dangereuse et mal intentionnée se trouve quelque part dans le manoir. Nous sommes peut-être tous en danger et logés à la même enseigne. Nous devons donc rester soudés et éviter de proférer des accusations sans preuves, ou de nous en prendre les uns aux autres, même verbalement.

— À vous de nous sortir de cette situation, Parker !, railla Craig

— Je fais de mon mieux, Monsieur Williamson. C'est pourquoi j'apprécierais la collaboration de tout le monde. Sans exception !

Derrière son mari, Cordelia croisa les bras sévèrement, dans une posture de défi.

29

Parker donna des consignes à Meredith et Caroline pour couvrir temporairement le corps de Parvati, comme ce fut le cas précédemment pour celui de Naveen.

Tyler accepta d'aider le majordome à transporter la dépouille de la malheureuse jusqu'à la chambre froide.

Mais auparavant, ils eurent tous besoin de s'asseoir, de réaliser ce qui venait d'être découvert – un deuxième meurtre et la présence plus que probable d'un inconnu à Hissington Hall, qui expliquerait ces crimes – et de se recueillir après la mort de Parvati.

Le majordome mena le cortège à la salle à manger dans une ambiance de veillée funèbre.

Abigail venait d'apporter les plateaux de sandwiches à la charcuterie et au fromage, ainsi que des carafes d'eau et de vin, mais la collation n'eut pas beaucoup de succès. Les convives avaient en effet l'estomac trop serré pour pouvoir avaler quoi que ce soit, à part Allan Mackenzie.

Un lourd silence régnait dans la pièce, à l'exception de quelques échanges murmurés au sein des couples, et d'indélicats bruits de mastication provenant du vieil Écossais.

— Tu crois que Tricia et Parker ont vu juste ?, chuchota Eleanor à son mari alors qu'ils se tenaient tous deux devant l'une des grandes fenêtres de la salle à manger, le regard perdu vers l'extérieur et vers le fleuve Lune au-delà de l'îlot. Tu penses que le tueur ne fait finalement pas partie de notre groupe ?

— Je ne sais pas, répondit son époux en scrutant la fine pluie poisseuse qui tombait toujours sur le Lancashire et en passant machinalement son bras autour de la taille d'Eleanor. C'est possible, mais je n'y crois pas vraiment.

— Pourquoi ?

— Comme le suggérait Parker cette nuit, nous aurions déjà croisé un tel individu depuis notre arrivée. À moins qu'il ne se cache vraiment bien, dans une partie du manoir à laquelle nous n'avons pas accès.

— Nous avons pourtant visité toutes les pièces en arrivant hier.

Tyler opina en silence.

— D'un autre côté, reprit la jeune femme, nous avons noté, toi comme moi, que certaines personnes ici présentes ont eu un comportement étrange cette nuit, et encore à l'instant. Shawn, Cordelia, Craig… et même Parker.

Eleanor se tut brusquement en apercevant du coin de l'œil le majordome s'approcher d'eux. Ganté, l'homme fit une légère révérence – son rôle ne le quittait décidément pas malgré l'annulation de la murder party – dans l'attente d'obtenir l'attention de Tyler.

— Oui Parker ?

— Monsieur… enfin, je veux dire Tyler, vous sentez-vous prêt pour transporter…

— Oui Parker. Donnez-moi deux minutes, je vous rejoins dans le hall tout de suite.

Le majordome approuva d'un signe de tête et s'éclipsa rapidement.

Se tournant vers sa femme, Tyler ajouta d'une voix suffisamment haute et ferme pour être entendue dans toute la pièce :

— Je reviens tout de suite. Reste ici avec les autres, c'est plus sûr.

Il embrassa Eleanor sur le front, avala un verre de vin d'une seule traite pour se donner du courage, puis emboîta le pas du majordome.

Dans le vestibule, Tyler passa à son tour une paire de gants préparée par Parker, puis ils soulevèrent délicatement le corps.

Caroline attendait déjà à leurs côtés afin de laver le sol à grandes eaux dès qu'ils auraient terminé leur macabre tâche. Toute trace de sang devait impérativement disparaître avant qu'un pensionnaire ne quitte la salle à manger et ne transite par le vestibule.

— Il ne faudrait pas que ça devienne une habitude, Parker !, lança Tyler sur le ton de la plaisanterie en quittant le hall par la porte du fond, en direction de la chambre froide. Je n'ai pas envie d'être le prochain sur la liste de ce tueur, quelle que soit son identité. Quand j'ai évoqué *Ils étaient dix* en arrivant, c'était une boutade !

— Bien entendu Tyler, bien entendu.

Dans la salle à manger, le temps semblait passer au ralenti, pour ne pas dire totalement suspendu.

Attablés et perdus dans leurs pensées, debout près d'une fenêtre ou de la cheminée, les convives demeuraient presque immobiles. Dans ce cadre victorien, ils semblaient composer une toile de

George William Joy ou de John Atkinson Grimshaw exposée dans un grand musée londonien.

Le discours de Parker avait au moins eu le mérite de faire cesser, pour l'instant, les regards suspicieux parmi les invités. L'idée d'un intrus meurtrier dissimulé quelque part dans la bâtisse faisait son chemin, même si elle n'était pas des plus rassurantes.

Dans cette optique, rester groupés et calmes était, comme l'avait stipulé Tyler à son épouse, le meilleur gage de sécurité possible.

Tous étaient encore au même endroit quand les deux hommes revinrent dans la salle à manger, le visage grave.

— Nous avons un problème…, commença le majordome.

— Le corps de Naveen a disparu !, compléta son compagnon.

30

Tous restèrent interloqués en réaction aux propos de Parker et Tyler, pensant avoir mal compris.

— Comment est-ce possible ?, formula d'abord Tricia. Un mort ne peut pas disparaître comme ça, par enchantement !

— C'est pourtant vrai, assura Tyler. Je suis tout autant surpris que vous.

— Si c'est une blague, elle est d'un goût douteux !, renchérit Craig. Vous avez l'intention de jouer longtemps de la sorte avec nos nerfs, Parker ? N'oubliez pas que je vous tiens pour responsable de tout ce fiasco.

Le majordome lança un regard noir au comptable.

— Ce n'est pas une blague, Monsieur Williamson. Et je vous ferais remarquer, une nouvelle fois, que je me trouve moi aussi embarqué dans cette galère ! Je n'ai pas été employé pour gérer cette situation.

Le petit homme boudeur et râleur blêmit, mais sa longiligne épouse continua à sa place :

— Dans ce cas, ça ne peut signifier qu'une seule chose : le tueur a déplacé le corps !

— Mais pourquoi ?, demanda Shawn.

— Peut-être pour nous effrayer, Monsieur Fletcher. S'il nous espionne…

— Ou elle !, coupa Craig.

— Oui… Si il ou elle nous espionne, il ou elle est désormais au courant que nous avons deviné sa présence. Faire disparaître ou déplacer le corps de Naveen après avoir tué Parvati, et en supposant à juste titre que nous irions déposer ce deuxième corps à la chambre froide, ne peut avoir qu'un seul but : nous faire paniquer. Et si j'en juge par certaines de vos réactions, c'est plutôt réussi !, conclut Parker.

— Et si le tueur avait subtilisé le corps de Naveen pour récupérer des preuves compromettantes laissées dessus ?, suggéra Eleanor. Des cheveux, de la peau sous les ongles, ce genre d'indices ? C'était peut-être son plan initial cette nuit, mais notre réveil en fanfare l'aura fait renoncer, et il aura laissé le corps sur place en remettant son nettoyage des preuves à plus tard.

— C'est également une possibilité, Madame Waltham. Mais, dans ce cas, pourquoi se donner la peine d'emporter le corps ? Et pour le cacher où ? Pourquoi ne pas simplement récupérer les preuves incriminantes en toute discrétion ? Je continue de pencher pour la recherche d'un effet de panique, souligna Parker, désormais dans la peau d'un fin limier.

— Qu'en penses-tu, Ty ? Avec ton expérience des romans policiers et de ce genre d'histoires tarabiscotées, tu as peut-être une idée ?

Eleanor appelait rarement son mari « Ty ». Tout comme lui l'appelait rarement « Ellie », diminutif qu'elle détestait.

« Chéri » et « Chérie » étaient leur appellation au quotidien, et « Ty » n'était utilisé que dans les situations plus sérieuses, ou après une de leurs très rares disputes.

— Oh, tu sais, la réalité n'a souvent rien à voir avec la fiction. Je dirais que vos deux hypothèses me semblent plausibles.

— Nous aurions dû prendre des photos du corps de Naveen, regretta Eleanor. Elles auraient pu aider la police pour son enquête. J'ai été tellement choquée par sa mort puis par le chagrin de Parvati que je n'y ai pas pensé, mais nous ne ferons pas la même erreur une deuxième fois.

— Bonne idée, Madame Waltham.

— Parker, si je monte chercher mon smartphone dans ma chambre, pourriez-vous vous charger de… prendre quelques photos de notre pauvre amie ?

— Euh… oui, Madame, répondit-il, quelque peu décontenancé.

— Je monte avec toi, adressa Tyler à sa femme alors qu'elle quittait déjà la pièce à vives enjambées pour le petit salon.

Tous deux gravirent les escaliers en marbre puis se dirigèrent vers leur chambre.

— Regarde ! La porte est ouverte !, s'écria Tyler dans le couloir.

— C'est impossible !, j'ai fermé à clé quand Abigail est venue m'informer de ton retour ! Regarde, elle est dans ma poche !

La jeune femme fouilla une poche de son blue-jean à la recherche de la clé, puis une autre, et encore une autre.

Sans succès.

— Mais ! Mais… je ne l'ai plus !, paniqua-t-elle. J'étais pourtant certaine de l'avoir glissée dans ma poche !

— Tu es certaine de ne pas l'avoir posée ailleurs ? Ou perdue dans la salle à manger ?

— Non, je n'y crois pas ! On me l'a volée ! Et si c'était… Non, c'est impossible, il ne peut pas être parmi nous ! Ce n'est pas un fantôme !

Tyler ouvrit entièrement la porte et bondit dans la chambre. Il n'y avait personne. Eleanor entra dans la pièce sur ses pas et se précipita vers la table de nuit, dont elle ouvrit brusquement le tiroir.

Tyler aperçut sa femme pâlir.

— Il est vide !, cria-t-elle. Le tiroir est vide ! Quelqu'un a volé mon téléphone portable !

31

L'annonce du vol de la clé puis de la disparition du téléphone portable d'Eleanor fit l'effet d'une bombe auprès des occupants de Hissington Hall au retour des époux Waltham dans la salle à manger.

Exactement comme si l'étau du tueur se refermait inexorablement sur eux et les mettait sous une pression de plus en plus intenable.

— D'abord la mort de Naveen ? Puis celle de Parvati ? Et la disparition d'un corps ? D'une clé ? Et d'un portable ? Suis-je la seule à trouver que ça commence à faire beaucoup ?, demanda Tricia, apeurée, après le récit d'Eleanor.

Craig s'attaqua de nouveau au majordome en paroles :

— Et après ça, Parker, vous voudriez nous faire croire à la présence d'un inconnu dans ce manoir de malheur ? Dans ce cas, comment expliquez-vous le vol de la clé dans la poche d'Eleanor ? Ce n'est pas l'homme invisible tout de même !

Parker, sans explication particulière à avancer, et pour ne pas envenimer davantage la tension déjà bien installée entre lui et le véhément comptable, se contenta de répondre en ouvrant les bras et en haussant les épaules.

Néanmoins, l'homme poursuivit son pamphlet, tel un tribun de la plèbe en pleine plaidoirie :

— J'exige que nous fouillions cette maudite demeure sur le champ, et que plus personne ne quitte le groupe jusqu'au coucher !

— Calmez-vous, Craig, maugréa Allan, toujours remonté contre les Williamson depuis l'accusation diffamatoire formulée par Cordelia l'heure d'avant.

— Oui, inutile de s'énerver à nouveau, approuva Shawn. Cependant, Craig à raison : nous devons fouiller le manoir au peigne fin. Nous n'avons pas le choix. Si le meurtrier est l'un d'entre nous, nous trouverons peut-être un indice permettant de l'identifier. Et s'il s'agit d'un intrus, nous finirons bien par lui mettre la main dessus, ou par trouver une preuve formelle de sa présence.

— Si tout le monde est d'accord, je n'y vois pas d'objection, concéda Parker.

Les autres, y compris Caroline, Meredith et Abigail, levèrent spontanément la main ou hochèrent la tête pour exprimer leur approbation.

— Commençons par l'aile ouest, suggéra le majordome.

Semblable à une procession d'explorateurs, le groupe amorça la fouille complète du manoir en examinant chaque centimètre carré de la grande salle à manger. Les lourds rideaux furent écartés, les fenêtres vérifiées, les murs inspectés.

Puis ils passèrent au petit salon, vérifiant chaque recoin avec la même détermination et le même soin.

Les inscrits à la murder party prenaient enfin du service à la recherche d'indices, mais dans un but auquel ils n'auraient jamais pensé en mettant les pieds à Hissington Hall : assurer leur sécurité après deux morts suspectes. Deux vraies morts suspectes, et non plus un jeu.

Le majordome et les trois femmes à tout faire assistaient les hôtes dans leurs recherches, en restant toutefois en retrait.

La fouille des deux premières pièces n'apporta ni piste à suivre, ni réponse.

— Passons au grand salon.

L'examen de la plus grande pièce de l'édifice fut paradoxalement le plus rapide à entreprendre.

La salle était la mieux éclairée par la lumière du jour, même si le soleil restait désespérément dissimulé derrière une épaisse couche de nuages à l'extérieur, et son agencement fonctionnel jadis prévu pour de grandes réceptions éliminait d'office toute cachette possible.

Eleanor se demanda combien de fêtes somptueuses s'étaient déroulées en ces lieux au dix-neuvième siècle ? Quel discours fascinant tenait Lord Henry Hissington à ses invités ? Combien d'intrigues ou d'alliances s'étaient nouées dans cette salle entre danses, cocktails et discussions ?

De son côté, Tyler jeta consciencieusement un coup d'œil à la cheminée, comme il l'avait fait précédemment dans la salle à manger et le petit salon.

Les investigations continuèrent à la bibliothèque. Là encore, le constat fut rapide. Aucun individu n'aurait pu s'y cacher pour surveiller les pensionnaires du manoir ou pour y ourdir ses méfaits.

De plus, Tricia et Shawn avaient passé la matinée entière dans la pièce et n'avaient, sauf mensonge ou dissimulation de leur part, rien remarqué d'anormal.

Les massives bibliothèques en acacia, garnies à ras bord de livres du sol au plafond, étaient trop lourdes pour être bougées. Aucune trace d'un quelconque déplacement – éraflures ou éclats dans le parquet – ne fut d'ailleurs relevée au sol.

Après plus d'une heure passée à enquêter dans les quatre grandes pièces de l'aile ouest, il fallut bien se rendre à l'évidence : ils n'avaient trouvé aucun indice confirmant la présence d'un intrus, pas plus que de preuve incriminante envers l'un ou l'autre des occupants du manoir.

Et ni clé, ni smartphone.

L'étape suivante consista alors à inspecter minutieusement chaque pièce de l'aile est.

Avant cela, en passant par le hall, Tyler suggéra de se rendre avec Parker dans la chambre froide, via le cellier, pour vérifier que tout y était normal, et que personne ne s'y cachait. L'idée de revoir la dépouille de Parvati rebuta les autres, et les deux hommes s'en chargèrent rapidement avant de revenir dans le vestibule.

L'aile est de l'immense demeure ne révéla aucun secret. En fonction des attentes de chacun, ou de ce qu'ils redoutaient de découvrir, cette constatation fut soit décevante, soit rassurante.

Rien n'avait changé depuis la veille. Que ce soit dans les salles modernisées destinées aux réunions et séminaires, ou dans les cuisines où régnaient désormais calme, ordre et propreté absolue digne d'un grand restaurant.

Seule l'installation téléphonique vandalisée dans le bureau de Parker témoignait des actes d'une personne malveillante.

— Êtes-vous satisfait, Monsieur Williamson ?, se renseigna le majordome auprès de Craig.

— Pas encore. Je ne le serai que lorsque nous aurons tout visité. Absolument tout. Vous n'avez rien à cacher, Parker. N'est-ce pas ?

— Rien du tout, Monsieur Williamson.

32

Dix-sept heures venaient de sonner à l'horloge comtoise quand le groupe se déplaça au premier étage.

Vingt-quatre heures écoulées depuis l'arrivée au manoir des premiers participants à la murder party ; un peu moins pour Eleanor et Tyler qui, la veille à la même heure, approchaient de la gare de Lancaster.

Un calme à la fois solennel et inquiétant régnait dans le long couloir. Comme au rez-de-chaussée, les fins limiers évitaient autant que possible de parler, afin de rester concentrés et attentifs.

Mais ici, contrairement au plancher des pièces d'en bas ou au carrelage du hall, le son de leurs pas était étouffé par l'épaisse moquette.

La porte de la chambre des Waltham était toujours ouverte depuis qu'Eleanor et son mari étaient descendus en trombe pour annoncer la disparition du téléphone portable. La jeune femme ne comprenait d'ailleurs toujours pas comment l'intrus avait pu savoir qu'elle avait amené son smartphone au manoir, ni où elle l'avait rangé.

Quelque chose clochait vraiment autour de ce vol et de celui de la clé.

La fouille commença donc par la chambre du couple londonien.

Afin de garder un minimum de respect pour la vie privée de chacun, les valises des convives et les armoires ne furent que sommairement inspectées par Caroline, Abigail et Meredith.

L'objectif n'était bien évidemment pas d'effectuer une perquisition policière qui – comme on pouvait parfois l'observer dans certaines séries télévisées américaines – laissait ensuite les lieux dans un état proche de celui provoqué par le passage d'un ouragan.

Les hôtes, quant à eux, vérifièrent fenêtres, volets et rideaux ; mais aussi la résonance des murs, en quête d'une éventuelle pièce secrète. Toujours aucun indice probant.

Le même schéma fut ensuite décliné à la chambre des Williamson, sans rien découvrir de particulier, puis à celle des Fletcher-Bennet.

Meredith et Abigail remettaient en place les valises du couple près de la commode quand Caroline poussa un petit cri. Cette dernière s'occupait de l'armoire et venait de parcourir les poches d'un blouson appartenant à Shawn.

— Que se passe-t-il ?, s'enquit son collègue masculin en s'approchant d'elle.

— Je… j'ai trouvé ceci, dans la poche du blouson de Monsieur Fletcher !

La jeune femme tendit l'objet mis à jour dans la paume de sa main.

Il ne s'agissait ni de la clé de la chambre des Waltham, ni du smartphone d'Eleanor. Et encore moins d'une lettre d'aveu concernant les meurtres de Naveen et Parvati Mishra.

Mais d'un petit sachet transparent contenant quelques grammes de cannabis. Les regards accusateurs se dirigèrent vers Shawn, tandis que Tricia semblait chercher un trou de souris pour s'y cacher.

— Monsieur Fletcher ?, questionna le majordome en désignant le sachet.

— Oh, c'est bon !, riposta l'homme en prenant la découverte à la rigolade. Je plaide coupable ! J'avais amené ça au cas où, ne sachant pas si ce week-end serait amusant ! Mais comme on s'éclate comme des fous ici…

Parker rendit le sachet à Shawn sans autre commentaire.

La découverte de drogue parmi les affaires du jeune homme n'était absolument pas la preuve d'une quelconque implication dans les événements survenus depuis la nuit précédente, mais renforcèrent tout de même une certaine méfiance du groupe à son égard.

L'inspection de la chambre tragiquement désertée par les Mishra ne révéla rien. Ni sur la présence de l'assassin, ni sur un éventuel mobile de meurtre.

Il en fut de même pour les salles de bains de cet étage, ainsi que pour le bureau et le fumoir, tous deux inoccupés.

Au niveau supérieur, Craig Williamson insista pour participer activement à la fouille des affaires de Parker, qui collabora sans protester. La petite chambre située en face de l'escalier était en tout point semblable à ce qu'on aurait pu attendre de celle d'un véritable majordome : sobre, sans fioritures, rangée à la perfection. L'armoire renfermait uniquement trois uniformes propres, identiques aux vêtements actuellement portés par Parker.

Celui-ci ne put s'empêcher de décocher un sourire narquois au comptable quand ils quittèrent la chambre.

L'examen des chambres des trois jeunes femmes fut encore plus rapide à mettre en œuvre. Excepté l'orientation du lit différente dans l'une d'entre elles, les trois pièces jumelles, alignées du même côté du couloir, présentaient la même disposition, le même contenu et la même apparence quasi monacale, dénuée de tout effet personnel.

Du côté opposé du couloir se trouvaient la chambre occupée par Allan Mackenzie, les deux salles d'eau, l'unique chambre vide du manoir et la porte condamnée menant aux combles via un dernier escalier.

Le vieil homme bougonna quelque peu quand on parcourut ses valises et son armoire :

— Ne froissez pas mon linge ! Ou je vous enverrai la note du pressing !

Nul ne distingua s'il s'agissait d'une plaisanterie, ou de la manifestation conditionnée de la légendaire pingrerie des Écossais.

Un simple coup d'œil fut suffisant pour décréter que personne ne se cachait dans les salles d'eau, puisqu'elles se résumaient uniquement à un lavabo et à une douche.

Enfin, la chambre vide amena les membres du groupe à une conclusion unanime : la pièce portait particulièrement bien son nom. Son mobilier était constitué d'un lit sans sommier ni matelas, d'une commode dont les tiroirs avaient été empilés en quinconce sur le plateau dans un équilibre précaire, et d'une armoire aux portes ouvertes.

Et aucun des murs ne sonnait creux.

33

— Et là-haut ?, fit remarquer Craig en s'arrêtant longuement devant la porte condamnée au bout du couloir.

— Vous voyez bien que la porte est scellée par cette grosse planche de bois, répondit Parker. Regardez les clous, ils ne sont pas neufs.

— Je m'en moque, je veux y aller quand même.

— Si vous le souhaitez… Mais je n'y ai jamais mis les pieds et je pense que personne n'y a pénétré depuis des années, puisque mes employeurs n'ont pas entrepris la rénovation de la toiture.

— Vous avez de quoi faire sauter cette planche ?, insista Craig.

— J'ai quelques outils, dans l'aile est. Je vais aller chercher ça.

Le majordome s'éloigna de quelques pas, mais l'autre répliqua :

— Pas si vite, Parker ! Nous allons tous vous accompagner. Qui sait quel nouveau coup tordu vous pourriez nous réserver.

Des protestations se firent entendre, notamment de la part d'Allan qui commençait à avoir les escaliers en horreur, mais le mari de Cordelia resta inflexible.

Au prix d'une dizaine de minutes perdues, le cortège effectua l'aller-retour entre le deuxième étage et le bureau de Parker dans l'autre aile de la demeure. Ils ramenèrent un pied de biche, que Craig insista pour garder en main, ainsi que deux lampes de poche.

Arrivé devant la porte, il glissa l'extrémité de l'outil entre la porte et la planche et appuya de toutes ses forces. Il ne se passa d'abord rien mais, après un deuxième effort, la planche céda dans un craquement sinistre. Des copeaux de bois, des clous arrachés et un peu de poussière accompagnèrent sa chute au sol.

Craig actionna la poignée, qui résista.

— Votre clé ?, demanda-t-il à Parker. Et ne me dites pas qu'elle est dans votre bureau !

Le majordome s'exécuta et sortit la clé universelle de la poche de son veston. Il la tourna dans la serrure, qui s'ouvrit facilement. De la poussière tomba du cadre de la porte quand elle s'ouvrit, faisant éternuer Tricia et Cordelia.

— Désolée, réagit cette dernière, mais je ne monte pas là-haut. Il doit y avoir des centaines d'araignées. Tu as vu ces toiles ? Je suis certaine qu'il doit y avoir aussi des rats !

Effectivement, l'étroit escalier était couvert de toiles d'araignée et d'une épaisse couche formée de poussière et d'insectes morts et desséchés depuis des lustres.

Comme s'il s'agissait d'un privilège, Craig accorda aux femmes, et à Allan, de rester au deuxième étage, à condition qu'ils demeurent ensemble dans la chambre vide. Personne ne leva d'objection : il valait mieux laisser à cet homme entêté l'impression qu'il contrôlait la situation.

Le comptable, suivi de Parker, Shawn et Tyler, escalada les marches, balayant les toiles d'araignée au passage. Leurs éternuements retentirent jusqu'à la chambre en dessous.

Les combles étaient éclairés de faibles stries de la mourante clarté du jour s'aventurant entre les défauts de la toiture et des vieilles ardoises.

Respirer était difficile tant l'air était saturé de particules en suspension. Une certaine humidité régnait également dans cet immense espace où un adulte avait peine à se tenir debout. La pluie devait régulièrement s'y infiltrer en passant par le même chemin que la lumière.

Au point où ils en étaient, Shawn chercha une lucarne, ou un autre moyen d'accéder au brouilleur théoriquement situé quelque part au-dessus d'eux, mais sans succès.

Le faisceau des lampes de poche balaya le sol. Un plancher brut, de qualité largement inférieure à celui des pièces du rez-de-chaussée. Un fatras de vieux meubles était entassé à une extrémité du grenier, probablement remisés là lors du premier rachat du domaine dans les années soixante-dix. Ces vestiges de l'époque victorienne auraient pu faire le bonheur d'un antiquaire s'ils n'avaient pas été en si mauvais état.

Craig s'y aventura, mais la chute de vieilles chaises provoquée par le déplacement un peu trop brusque d'un guéridon le dissuada de fouiner davantage. Manifestement, comme Parker l'avait prédit, personne n'avait visité les combles depuis le siècle dernier, et encore moins un hypothétique intrus.

Les quatre hommes rebroussèrent chemin. Redescendus au deuxième étage, et rejoints par le reste du groupe, ils passèrent leurs mains dans leurs cheveux – hormis le majordome, qui n'avait plus qu'une couronne sur le pourtour de son crâne – et époussetèrent leurs vêtements pour chasser poussières et toiles.

— Et maintenant ?, interrogea Shawn. Nous avons passé presque tout l'après-midi à fouiller le manoir sans obtenir le moindre résultat ni l'ombre d'un début de piste.

— Ce qui m'inquiète, souligna Eleanor, c'est que nous n'avons pas retrouvé le corps de Naveen. J'espère qu'il n'a pas été jeté dans le fleuve !

— En effet, embraya Cordelia malgré le regard noir de son mari. Nous ne sommes pas plus avancés. Si personne ne rode ici à notre insu, nous sommes revenus à la case départ : le tueur est forcément l'un d'entre nous.

— Ou la tueuse !, précisa Allan, ce qui menaça de lancer la grande blonde dans une nouvelle crise d'hystérie.

— Au moins, personne d'autre n'est mort depuis plusieurs heures, ce qui est un exploit…, tempéra Craig.

— Mesdames, Messieurs, intervint Parker avant que la situation ne dégénère à nouveau. Il reste beaucoup de sandwiches préparés ce midi et il est presque l'heure du dîner. Je vous propose de retourner à la salle à manger.

— Excellente idée !, applaudit Allan.

34

Selon les exigences imposées par Craig, ils se rendirent d'abord ensemble dans l'aile est, aux cuisines, afin de récupérer les sandwiches conservés au réfrigérateur. Les bouteilles de vin entamées la veille, des carafes d'eau et quelques canettes de bière furent également emportées sur les dessertes.

La résignation, ou peut-être la fouille opérée pendant plusieurs heures à travers la bâtisse, ouvrirent un peu plus l'appétit des convives.

Pour la première fois du week-end, et sur proposition d'Eleanor et Tyler, le majordome et les trois femmes à tout faire furent invités à se joindre à table et à manger avec les hôtes ; et non à l'écart dans l'aile est. Le comptable paranoïaque approuva la suggestion afin de pouvoir surveiller tout le monde.

Néanmoins, l'ambiance ne se réchauffa pas et demeura tendue pendant toute la soirée ; aux antipodes de la cordialité chaleureuse de mise la veille, alors qu'ils célébraient en costumes le début de leur week-end d'aventure à Hissington Hall.

Et contrairement au vendredi soir, les invités ne partagèrent pas ensuite de moment de convivialité au grand salon ou dans la bibliothèque. Peu de temps après le repas, ils débarrassèrent la table, chacun mettant la main à la pâte pour ramener les restes en cuisine, puis montèrent dans leurs chambres.

— Je vous déconseille de quitter vos chambres cette nuit, lança Craig en arrivant à l'étage.

— À demain…, ponctua Parker avant d'aider Allan à se rendre au niveau supérieur. La nuit porte conseil…

Faute de clé, Tyler déplaça la commode contre la porte de la chambre avant d'enlever son pull et de venir se coucher à côté de sa femme. Le regard de celle-ci trahissait son inquiétude.

— Tu crois qu'on viendra nous porter secours demain ?, demanda-t-elle.

— Je l'espère. Dans le pire des cas, Howard arrivera en fin de journée avec un peu de retard, quand il aura constaté que des arbres bloquent la route et qu'ils auront été enlevés.

Eleanor acquiesça, puis confia à son mari :

— J'ai beau retourner la situation dans tous les sens, je ne trouve aucune logique à ce qui se passe ici depuis la nuit dernière.

— C'est-à-dire ?

— Des meurtres frappant un même couple... À moins qu'il ne s'agisse finalement que d'accidents ? Ou pire, de crimes racistes ?

— Drôles de coïncidences en effet…

— Puis la disparition du corps de Naveen, des vols d'objets… Et pas la moindre preuve de quoi que ce soit… Vraiment, je ne sais plus quoi penser, à part qu'on cherche assurément à nous faire peur et que je crains pour nos vies ! Sans compter sur le fichu caractère de ce maudit Craig et les crises de sa folle de femme !

— Ils sont pénibles en effet ! Rien que pour en être débarrassé, j'ai hâte de sortir d'ici ! Mais tu devrais éviter de penser à toutes ces questions. Ne cède pas à la panique : tant que nous restons enfermés dans cette pièce, je te garantis que nous sommes en sécurité.

— J'espère que tu as raison, Ty. Et Parker ? Vous semblez bien vous entendre…

— C'est par la force des choses, chérie. Nous n'avons pas eu vraiment le choix.

— Oui, mais… As-tu confiance en lui ? Le majordome n'est-il pas toujours le coupable dans tes romans policiers ?

— Parfois, mais pas toujours…

Cordelia, après avoir passé une nuisette en soie rouge – décidément sa couleur favorite – se glissa du côté droit du lit ; son mari occupant déjà l'autre côté. Elle passa une main dans les cheveux de Craig. L'homme aurait d'habitude réagi au quart de tour, mais il resta insensible, comme s'il était ailleurs.

— Tout va bien mon chou ?, questionna la jeune femme d'une voix aguicheuse.

— Tu me demandes si tout va bien ? Je suis mort de peur !

— Mais… mais… Tu semblais avoir les choses en main tout à l'heure. Tu dirigeais le groupe, même Parker t'obéissait.

— C'était de la façade, de la fanfaronnade, avoua le comptable. Je ne voulais pas perdre la face devant ces gens. J'ai le double de ton âge, je sais déjà l'avis qu'ils ont me concernant. Je ne voulais pas paraître faible par-dessus le marché…

— Mais tu n'es pas faible, mon chou. Sinon je ne serais pas avec toi.

— D'accord, je ne suis peut-être pas faible, mais j'ai peur malgré tout.

Craig fit une pause, avant de reprendre :

— Et je dois te confier quelque chose...

— Ah bon ?, répondit Cordelia, étonnée.

— C'est difficile à avouer, mais… je suis quelqu'un de malhonnête. Rassure-toi, pas envers toi, mais je suis foncièrement malhonnête.

— Je ne comprends rien à ce que tu dis…

— J'ai… j'ai arnaqué la majorité de mes clients depuis des années…

— Quoi ?

— Oui, j'ai gonflé les déclarations d'impôts de plusieurs entreprises. Pas énormément… cinq ou dix pour cent, pas plus pour ne pas me faire prendre, mais suffisamment pour arriver à des sommes intéressantes. Et j'ai détourné cet argent avant de verser les impôts réels au fisc.

— Je… comment ? Quelles sommes ?

— Un montant à sept chiffres…

Cordelia se redressa sur son coude, stupéfaite. Craig lui tendit alors une feuille de papier pliée en quatre.

— Chérie. S'il m'arrive quelque chose avant de quitter ce manoir de malheur, voici le numéro du compte sur lequel j'ai placé cet argent, sous un faux nom. Jeremy Paxton. Le compte est domicilié aux Îles Caïmans, dans une banque de George Town. Je veux que tu en profites. Promets-le-moi.

— Je te le promets, chéri. Mais nous sortirons d'ici ensemble et vivants.

Dans la troisième chambre, une dispute était sur le point d'éclater entre Shawn et Tricia. Cette dernière n'avait rien montré depuis l'incident, mais il fallait maintenant qu'elle en parle avec son compagnon.

— Mais enfin, tu es fou ? À quoi as-tu pensé en amenant ton herbe ici ?

— Chut, ne crie pas si fort, ils vont finir par t'entendre !, répliqua Shawn.

— Et ça sera de ta faute ! Ils savent que tu consommes, tu l'as avoué toi-même !

— Il fallait que j'avoue, je devais dédramatiser la situation.

— Et si… ?

— Non, c'est impossible, trancha Shawn. Ils ne peuvent pas savoir. Personne ne sait.

Au deuxième étage, Parker n'avait pas encore fermé les yeux. Il pensait au lendemain. Une journée importante dans la résolution de… cette murder party.

Et Allan, dans son lit, dormait sur ses deux oreilles. Oreilles, au demeurant, complètement sourdes sans ses prothèses.

TROISIÈME PARTIE :
Cartes sur table

« Les assassins ressemblent fort aux honnêtes gens et rien ne les en distingue dans la vie courante. Ce sont très souvent des gens charmants, polis et raisonnables. »

Cartes sur table (1936)
Agatha Christie

35

En ouvrant les yeux, Eleanor fut surprise d'avoir dormi d'une traite, sans avoir été réveillée par des cris annonciateurs d'une nouvelle catastrophe au milieu de la nuit.

La pénombre régnait encore dans la chambre, mais les stries dans les volets laissaient poindre une lumière semblant annoncer un ciel plus clément, pour la première fois depuis leur arrivée à Hissington Hall.

Eleanor jugea qu'il s'agissait enfin d'une bonne nouvelle et espéra que la prochaine serait leur départ du manoir quelques heures plus tard.

En effet, elle regrettait désormais amèrement d'être venue en ces lieux.

Tyler dormait encore, mais il bougea quand la jeune femme se tourna vers lui. Il émergea de son sommeil, s'étira, et regarda autour de lui. Son premier regard fut pour la commode bloquant la porte. Elle n'avait pas été déplacée d'un seul centimètre.

— Bonjour chéri, bien dormi ?

— Bonjour chérie. Oui, plutôt, et toi ?

— Mieux que ce que j'avais espéré, pour être franche.

— Pas de nouveau drame à l'horizon, semble-t-il. Croisons les doigts pour que nous puissions partir d'ici aujourd'hui.

Les Waltham restèrent allongés quelques minutes puis ils se levèrent pour se préparer et rejoindre les autres dans la salle à manger.

Eleanor jeta un œil dans le tiroir de sa table de nuit mais, évidemment, son téléphone portable ne s'y trouvait toujours pas.

Le petit déjeuner se déroula dans une atmosphère un peu moins tendue – et surtout moins triste – que la veille. L'espoir de chacun de quitter le manoir le jour-même y était certainement pour beaucoup.

Les viennoiseries, quoi qu'un peu rassies, et le jus d'orange rencontrèrent davantage de succès que le samedi matin ; mais pas de bacon ni de saucisses cette fois puisqu'un brunch copieux était prévu plus tard en journée. Comme la veille au soir, tout le monde était réuni autour de la table. Ils étaient tous descendus à seulement quelques minutes d'intervalle.

Quelques questions fusèrent concernant le déroulement de la journée. Des interrogations formulées envers Parker, mais aussi envers Craig, leader autoproclamé de la veille.

— Devons-nous rester ensemble comme hier ?, demanda Tricia.

— Oh, faites ce que vous voulez !, répondit le comptable, mi-agacé, mi-distant. Peu m'importe. Cordelia et moi resterons dans notre chambre jusqu'à l'arrivée du chauffeur ou des secours. Vous saurez où nous trouver.

Le majordome, l'air ailleurs, haussa les épaules sans contredire ni valider les propos de Craig.

Le premier repas dominical s'acheva ensuite dans l'indifférence, puis chacun vaqua à ses occupations, ou à son absence d'occupation.

Comme annoncé, les époux Williamson se retirèrent dans leur chambre sans demander leur reste sitôt la dernière bouchée avalée. « Bon débarras », songea Eleanor.

Tricia et Shawn se rendirent dans la bibliothèque, comme la veille. De fervents lecteurs semblaient se cacher derrière le couple, qu'on aurait plutôt pressenti amateur d'émissions de télé-réalité.

Caroline et ses deux collègues disparurent dans l'aile est en emportant avec elles les reliefs du petit déjeuner.

Enfin, Allan, le seul des convives à avoir parlé en continu entre deux tasses de thé et un pain aux raisins, termina de raconter une obscure légende écossaise à Tyler et Eleanor, puisqu'ils étaient les seuls à ne pas avoir quitté la salle à manger.

Ou plus précisément : parce qu'ils n'avaient pas été assez rapides pour sortir de table, et se trouvaient, de fait, piégés et contraints d'écouter poliment l'interminable récit du vieil homme.

Si Tyler faisait le minimum pour paraître captivé, sa femme ne cachait pas son scepticisme et n'aspirait qu'à rentrer à Baker Street.

La matinée se passa aussi calmement que possible, comme si le manoir n'était, finalement, qu'une paisible pension de famille partagée entre ses occupants pour le week-end.

Une pension de famille où, néanmoins, des meurtres mystérieux avaient eu lieu. Un peu comme dans *Pension Vanilos* avait fait remarquer Tyler à son épouse en quittant enfin la salle à manger, laissant Allan presque assoupi.

L'attente était interminable. Les uns déambulaient et se croisaient en allant d'une pièce à l'autre, les autres restaient cloîtrés dans leurs chambres.

En fin de matinée, le brunch promis par le majordome lors de la réception du vendredi soir regroupa à nouveau les hôtes pour ce que chacun espérait être le dernier repas au manoir. Un point positif du week-end – l'un des rares – était que la nourriture n'avait pas manqué, même si l'appétit avait souvent été contrarié.

Puis, peu après quinze heures, Meredith alla trouver tour à tour Allan Mackenzie, Tyler et Eleanor Waltham, Tricia Bennet et Shawn Fletcher, puis Craig et Cordelia Williamson.

Le message qu'elle délivra de manière strictement identique à chaque destinataire, était aussi formel qu'intriguant :

— Monsieur Parker désire voir tout le monde à quinze heures et trente minutes précises dans la bibliothèque. Il a une annonce à vous faire.

36

Quinze heures et trente minutes, l'heure du rendez-vous, sonnaient à l'horloge comtoise du hall quand les trois couples et l'Écossais célibataire passèrent devant.

Convoqués à la même heure par le majordome, les invités initialement inscrits à la murder party s'étaient regroupés presque naturellement dans le grand vestibule, premier aperçu de Hissignton Hall lors de leur arrivée près de quarante-huit heures plus tôt au manoir.

Désormais habitué aux lieux, le cortège se dirigea vers la porte du fond, traversa le grand salon et arriva dans la bibliothèque.

Pour la première fois du week-end, le grand lustre avait été allumé, et non plus seulement les lampes de banquier aux abat-jours verts.

Sous cet éclairage nouveau, la salle paraissait différente. Moins accueillante, nettement plus froide, créant même par endroit des ombres presque menaçantes.

La disposition des fauteuils avait également été modifiée. Ils étaient désormais placés en arc de cercle, dos à l'entrée de la pièce, et faisaient face au mur du fond intégralement recouvert d'étagères et de livres.

Un guéridon trônait au centre du demi-cercle avec, à ses côtés, un Parker au regard différent de ce qu'il avait montré depuis le début du séjour à Hissington Hall.

Sur le guéridon se trouvait un plateau, une théière et des tasses.

Meredith et Abigail se tenaient discrètement dans deux angles opposés de la salle puis Caroline arriva une vingtaine de secondes après les hôtes. Elle pénétra dans la bibliothèque en les suivant de quelques pas, ferma la porte, se posta sur place et adressa un léger hochement de tête à destination du majordome.

Une tension inédite emplissait les lieux, mais nul n'était capable de discerner la source de ce soudain malaise.

— Mesdames, messieurs, merci d'être venus, déclara Parker d'une voix calme et résolue. Veuillez prendre place.

Le majordome désigna les fauteuils, au nombre de sept. Sept sièges pour sept individus. Ils prirent place en silence, ignorant la raison de cette surprenante mise en scène.

Eleanor remarqua que Parker avait la même attitude qu'au cours des minutes qui avaient suivi la découverte du corps de Naveen. Mais il ne s'agissait pas de la prestance d'un simple majordome ou, en l'occurrence, d'un employé jouant le rôle d'un majordome.

C'était autre chose. Il semblait plus que jamais dans son élément, parfaitement à sa place, maître de la situation.

Il semblait tout simplement et étrangement à l'aise.

— Comme Meredith vous l'a annoncé, j'ai une annonce importante à vous faire. Mais avant toute chose, laissez-nous vous offrir une délicieuse tasse de thé.

Abigail et Meredith s'avancèrent, prirent la théière et servirent des tasses de thé bien chaud qu'elles portèrent à chaque convive avant de retourner à leur place.

— Nous ne voudrions pas que vous regrettiez votre séjour à Hissington Hall !, ajouta Parker sur un ton étrange.

Quelques regards soucieux et surpris se croisèrent alors qu'ils buvaient leur breuvage du bout des lèvres, pour éviter de se brûler.

— Pourquoi tout ceci, Parker ?, sollicita Craig en désignant le comité réuni en arc de cercle, les tasses de thé et la pièce en général.

— Je vais y venir, Monsieur Williamson. Ou peut-être puis-je vous appeler Craig désormais, si vous n'y voyez pas d'objection. Patience !

Surpris, le comptable ne releva pas la proposition du majordome.

— J'ai de bonnes et de mauvaises nouvelles !, reprit Parker, de plus en plus énigmatique, provoquant des exclamations parmi son auditoire. La bonne nouvelle, c'est que nous allons très bientôt quitter le manoir. La mauvaise nouvelle, c'est que vous n'en sortirez pas tous libres !

Les exclamations redoublèrent.

— Que voulez-vous dire ?, s'inquiéta Cordelia.

— Patience, Madame Williamson. Encore un peu de patience !

Parker sortit une petite télécommande de sa poche de gilet et appuya sur l'unique bouton. Un léger vrombissement se fit entendre dans la bibliothèque.

Tous regardèrent autour d'eux pour tenter d'en identifier l'origine.

Puis soudain, une partie des étagères du mur du fond sembla bouger.

Non, elle bougeait vraiment.

Prenant la forme d'un rectangle d'une taille équivalente à celle d'une porte, une portion du mur recula avant de coulisser derrière le reste des étagères. Une ouverture dissimulée, auparavant invisible, engendrant la stupeur des personnes assises dans leurs sièges.

Une pièce étroite et toute en longueur venait de se dévoiler sous leurs yeux stupéfaits.

Eleanor se frappa le front de la main droite. Comment n'avait-elle pas deviné l'existence de ce réduit ?

Quand elle avait fait le tour du manoir avec Parvati, elle avait, presque inconsciemment, constaté une anomalie entre les proportions extérieures de cette partie de la demeure et le volume intérieur de la bibliothèque.

Mais elle était tellement troublée par le malheur frappant la veuve que ce détail lui était ensuite totalement sorti de l'esprit.

Les murs de la salle secrète étaient en plâtre, sans fioritures. Elle était mal éclairée, mais on distinguait, alignés, plusieurs écrans et des ordinateurs.

À l'autre bout, le garde-corps métallique d'un escalier en colimaçon sortait du sol. Deux silhouettes en émergèrent, pour l'instant dissimulées dans l'ombre

Parker reprit la parole :
— Laissez-moi vous présenter…

Naveen et Parvati avancèrent dans la lumière de la bibliothèque. Ils étaient on ne peut plus vivants.

37

— Naveen et Parvati Mishra. Ou plutôt devrais-je dire les inspecteurs Naveen Mishra et Parvati Mahanta, de Scotland Yard.

— Qu'est-ce que ça veut dire ?, balbutia Craig, seul invité à réussir à prononcer quelques mots.

Le majordome ne releva pas, et continua, en désignant les femmes à tout faire :

— Voici les officiers Meredith Higgins, Abigail May et Caroline Arnold.

— Si c'est une blague…, tenta le comptable.

— Ce n'est pas une blague, Craig. Et j'étais extrêmement sérieux quand j'ai annoncé que certains d'entre vous ne repartiriez pas libres en quittant Hissington Hall tout à l'heure. Ah, j'oubliais : je suis le superintendant Kenneth Parker, de Scotland Yard.

Cette fois, la stupeur était à son comble parmi les hôtes. Ils ne comprenaient plus rien à cette histoire, à part le fait qu'il n'y avait jamais eu d'assassinat et que Naveen et Parvati étaient bien vivants.

Le superintendant Parker, puisque telle était sa véritable identité, constata avec une once de fierté et d'amusement la confusion provoquée par ses révélations chez les personnes qui lui faisaient face.

Elles semblaient presque toutes aussi nerveuses que si elles figuraient sur le banc des accusés.

Et à juste titre.

— Je vous dois, nous vous devons, des explications, reprit le policier. Je vais tenter d'éclairer vos lumières et d'être suffisamment précis, mais n'hésitez pas à m'interrompre si vous avez des questions.

L'ex-majordome lança un regard taquin à Craig Williamson.

— Premièrement, comme vous l'avez constaté à l'instant, aucun homicide n'a été commis ce week-end au manoir. Ce n'est donc pas d'assassinat que certains parmi vous devront répondre. Les inspecteurs Naveen Mishra et Parvati Mahanta ont tenu un rôle, mais pas vraiment celui auquel vous pensiez. Les apparences sont parfois trompeuses… D'ailleurs, ils ne sont pas mariés et ne sont même pas en couple.

— Ceci explique les lits séparés…, prononça Eleanor, encore incrédule, plus pour elle-même que pour les autres.

— Très judicieuse déduction, Madame Waltham. Je sais que vous avez été particulièrement touchée par leurs meurtres, leurs supposés meurtres, et je tiens à m'excuser pour la peine que vous avez ressentie.

Eleanor sentit des larmes et une profonde émotion monter en elle, mais elle ne sut dire s'il s'agissait de soulagement ou de colère.

— Je suis désolée, ajouta Parvati en adressant un signe de tête à la jeune femme mais sans manifester davantage de regrets.

Eleanor constata que Parvati, la véritable Parvati, avait nettement plus d'assurance dans la voix et dans le comportement que le personnage qu'elle avait interprété. Même son regard était plus intense, presque plus dur.

Il en était de même pour Naveen, l'officier Naveen Mishra de Scotland Yard, qui se tenait à ses côtés et qui ne quittait pas les invités du regard, scrutant la moindre réaction.

Quant aux trois officiers, leur masque de jeunes femmes innocentes et un peu naïves avait totalement disparu. Depuis leurs positions respectives, elles semblaient quadriller la bibliothèque, prêtes à intervenir à n'importe quel moment.

— Vous devez certainement vous poser mille questions, continua Parker après avoir marqué une courte pause, et je répondrai à toutes. Mais je pense que la première à laquelle je dois apporter une réponse est la suivante : pourquoi ?

Le superintendant se déplaçait désormais en faisant les cent pas et choisissait, inconsciemment ou pas, de ménager ou malmener son public à la manière d'un Hercule Poirot des temps modernes.

— Pour faire simple, vous avez effectivement participé à une murder party, mais pas à celle que vous conceviez. Vous venez de participer à un programme gouvernemental visant à arrêter des malfrats ou des criminels contre lesquels une enquête classique ne donne aucun résultat.

Une clameur doublée d'un vent de panique circula dans la salle.

— Les objectifs de ce dispositif sont multiples : créer une situation de stress, vous pousser dans vos retranchements pour vous faire baisser la garde, et ainsi obtenir des révélations ; ou avoir accès à vos empreintes digitales et à d'autres données pour confirmer nos informations, ou encore vous éloigner assez longtemps de votre environnement habituel pour nous laisser le temps de procéder à diverses opérations, tout en vous ayant à l'œil ici. Là où je ne vous ai pas menti, c'est en affirmant que deux sessions se sont déjà déroulées au manoir. C'est exact, et chacune de ces sessions nous a permis de mettre sous les verrous des auteurs de crimes ou de délits graves que nous n'aurions pas réussi à confronter en suivant des procédures plus classiques et moins inventives.

Certains des hôtes blêmirent et retinrent leur respiration en cherchant à disparaître dans leurs fauteuils.

— Comme vous le comprenez peut-être maintenant, le manoir est truffé de micros et de caméras, qui nous ont permis de vous écouter et de vous observer depuis cette salle.

Parker désigna la pièce secrète et ses écrans alignés.

— Naveen et Parvati excellent d'ailleurs dans le domaine de la vidéosurveillance policière. C'est ici qu'ils se trouvaient depuis leur disparition, et non dans la chambre froide.

Les convives restèrent sans voix face à ces incroyables explications.

— Je pense maintenant avoir répondu au pourquoi, poursuivit Parker. La question suivante est : comment ? Comment réunir en un même endroit des personnes suspectées de délits ou coupables de crimes sans éveiller leurs soupçons ?

C'est là que nous avons fait travailler nos petites cellules grises !

Tyler remarqua une nouvelle référence au détective Hercule Poirot ainsi que le clin d'œil de Parker à son intention.

— Nos petites cellules grises, mais aussi, je dois l'avouer, une part de chance. Nous sommes partis du postulat avéré que de tels profils avaient un goût certain pour l'aventure, le risque ou la cupidité, voire même l'envie d'une certaine forme de reconnaissance. La couverture fournie par une murder party était idéale, même si la rénovation et l'équipement de cette propriété ont exigé un budget non négligeable pour Scotland Yard. Et comment nous avons-vous appâtés ? Tout simplement en vous ciblant spécifiquement par vos réseaux sociaux ou vos adresses e-mail ! Grâce à vos adresses IP, nous avons pu vous envoyer des publicités pour notre murder party et pour son site internet, que vous seuls pouviez voir.

Certains visages rougirent, de colère pour certains ou de honte pour d'autres.

— C'est là qu'intervient le facteur chance : alliez-vous mordre à l'hameçon ? Aussi incroyable que cela puisse paraître : oui ! Le tarif alléchant n'y est peut-être pas étranger... Et si vous ne vous étiez pas inscrits, nous avions une longue liste d'autres « candidats » potentiels.

— Tout ceci est bien joli, Parker, ou qui que vous soyez !, rétorqua Craig. Mais de quoi nous accuse-t-on au juste ?

— J'y viens, Craig. Et puisque vous êtes si pressé d'en venir aux faits et aux révélations, s'amusa le policier, pourquoi ne commencerions-nous pas par votre cas ?

38

Si les explications fournies par le superintendant ne répondaient pas encore à toutes ses interrogations – et en soulevaient même d'autres, pas forcément réjouissantes – Eleanor comprenait maintenant le ressenti qu'elle avait eu à plusieurs reprises au cours des deux derniers jours envers Parker.

Son comportement après le pseudo-assassinat de Naveen, sa faculté à garder son calme, la facilité avec laquelle il avait guidé et mené les hôtes pendant le week-end.

Des réactions allant bien au-delà de ce qu'on pouvait attendre d'un employé incarnant un majordome fictif ; mais bien plus en phase avec celles d'un représentant des forces de l'ordre.

La jeune femme tenta d'échanger un regard avec Tyler, assis un bon mètre à sa droite, mais ce dernier semblait faire tout ce qui était en son pouvoir pour éviter de la regarder. Pourquoi ? Son mari avait-il quelque chose à se reprocher ?

Elle fut rapidement tirée hors de ses réflexions quand Parker vint se poster devant Craig, assis à sa gauche.

— Monsieur Williamson.

Le policier marqua une nouvelle pose pour entretenir le suspens. Il prenait un réel plaisir à faire face à Craig de la sorte. Pour une fois, son interlocuteur ne bronchait pas, mais commençait à montrer des signes de tension et à transpirer abondamment.

— Monsieur Craig Williamson, comptable de votre état. Vous étiez dans le collimateur des services fiscaux depuis presque trois ans. Vous confondre n'a pas été facile, loin de là. Vous êtes un magicien des chiffres et des transactions. Mais surtout, vous ne laissez aucune trace dans vos malversations. C'est très habile ! Jusque récemment, quelques mois à vrai dire, nous n'avions que des soupçons vous concernant. Certains mécanismes de contrôle du fisc s'étaient allumés concernant les déclarations d'impôts que vous remplissiez pour les entreprises vous ayant accordé leur confiance. Vous avez joué fin, vous auriez pu passer à travers les mailles du filet, mais vous avez été trop gourmand sur certaines sommes que vous avez empochées. De plus, il semblerait qu'une source anonyme ait balancé votre nom.

Face à Parker, Craig était maintenant livide. Apercevoir un fantôme ne lui aurait pas fait plus d'effet.

— Mais il nous fallait encore des preuves. Car même en épluchant vos comptes courants, votre épargne et votre train de vie, nous n'avons rien trouvé. Nous pensions bien évidemment à un compte caché dans un paradis fiscal, mais nous n'avions aucune information. Pas la moindre piste. Jusqu'à la nuit dernière, quand vous avez révélé l'existence de ce compte à votre épouse. Oui, il y avait un micro dans votre chambre. Comme ailleurs dans ce bâtiment, les micros et caméras étaient essentiellement dissimulés dans les lustres et les appliques.

Cordelia ne savait plus où se mettre, le visage aussi rouge que sa robe. Parker se tourna vers elle.

— Madame Williamson, voudrez-vous bien nous remettre le numéro de compte que votre mari vous a transmis hier soir ? Notre enquête n'a révélé aucune preuve de votre implication dans ces délits, bien que vous soyez sa femme et sa secrétaire. Si vous nous communiquez cette information, vous serez libre. Aucune charge ne sera retenue contre vous.

Malgré l'humiliation, la jeune et blonde épouse du comptable acquiesça en silence, sous le regard furieux de Craig.

— Avez-vous quelque chose à ajouter, Craig ? Je vous trouve soudainement moins bavard... Vous nous avez pourtant habitués à avoir un avis sur tout.

— Allez vous faire voir !, répondit l'homme en crachant presque.

— Vous avez de la chance, Craig. Je suis dans un bon jour. Nous ne retiendrons pas d'injure à agent parmi les chefs d'accusation.

39

Le superintendant Parker retourna tranquillement près du guéridon central et se servit une tasse de thé, comme s'il s'agissait d'une réunion entre amis.

Il échangea quelques regards furtifs avec les inspecteurs et les officiers, se frotta les mains, puis se tourna de nouveau vers l'assistance.

En souriant largement, il demanda :

— À qui le tour ?

Un silence total, embarrassé et prolongé, lui répondit. Craig Williamson et son épouse demeuraient tétanisés et abattus, mais une crainte palpable régnait chez les autres. Tous se demandaient sur qui, où et quand la foudre allait tomber.

Parker recommença à faire les cent pas. Il s'arrêtait un instant devant un fauteuil, tournait la tête, et reprenait sa marche jusqu'au fauteuil suivant en jouant avec leurs nerfs.

Il se planta finalement devant le vieil Écossais, qu'il désigna du doigt.

— Ce bon vieux Mackenzie ! Allan Mackenzie ! Quel âge avez-vous, Allan ?

— Soixante-douze ans, marmonna l'homme d'une voix peu assurée.

— Et où êtes-vous né ?

— À Linlithgow.

— Près d'Édimbourg ?

— Oui… oui, c'est bien ça.

— En êtes-vous certain, Allan ?

— Je ne vous permets pas, Parker ! Pour qui vous prenez-vous ? Vous me croyez sénile ? Vous pensez peut-être que je vais me laisser berner par des accusations fallacieuses ?, réfuta Allan de son fort accent.

— Voyons, Allan ! Vous pourriez accepter les règles du jeu ! Reconnaissez que vous avez perdu ! Reconnaissez également que votre imitation de l'accent écossais montre ses limites quand vous vous mettez en colère…

Tous les regards étaient tournés vers Parker et vers le vieil homme, dont la mâchoire inférieure tremblait.

— Allan Mackenzie !, reprit Parker d'un ton moqueur. Quel patronyme typiquement écossais ! Et pourtant…

Allan était littéralement cramoisi.

— Ne devrais-je pas plutôt vous appeler Günther Hofbauer ? Günther Hofbauer, né il y a soixante-huit ans à Leopoldsdorf, au sud de Vienne, en Autriche.

Les yeux d'Allan lançaient des éclairs, mais l'homme semblait surtout perdre ses moyens, ne sachant plus quoi répondre pour nier les accusations du policier.

— C'est bien ce que je pensais, en conclut Parker. Mesdames, messieurs, laissez-moi vous présenter Monsieur Günther Hofbauer, dont le véritable accent est autrichien ! Il s'agit d'un dangereux anarchiste ayant quitté son pays dans les années soixante-dix après avoir braqué une demi-douzaine de banques et assassiné lâchement plusieurs otages.

Hofbauer bouillait intérieurement.

— Interpol a perdu sa trace au Danemark en 1982 ; date à laquelle ce criminel endurci semble avoir pris un aller simple pour l'Écosse. Arrivé sur place, il a ensuite changé d'identité pour devenir Allan Mackenzie.

Parker se tourna vers l'Autrichien.

— Vous confirmez, Günther ?

— Je ne vous dirai rien !, vociféra l'accusé dont l'accent germanique – et non rhotique – était maintenant parfaitement identifiable.

— Bien, dans ce cas je continuerai à votre place ! Hofbauer s'est fondu dans la masse et, moyennant une somme importante issue de ses larcins, il a acheté en 1988 une propriété à Linlithgow auprès d'un notaire peu scrupuleux. Un castel en ruine, certes, mais assorti d'un titre de Lord écossais sans héritier, celui de Lord Mackenzie.

Les autres étaient soufflés par cette nouvelle déclaration.

— Les choses auraient pu en rester là, et Günther Hofbauer aurait pu finir son existence sans jamais être démasqué, sous les traits d'Allan Mackenzie. Mais lorsque le notaire en question est décédé l'année dernière, et que son étude a été acquise par un homme de loi fraîchement diplômé, certains dossiers douteux ou litigieux ont refait surface. Dont celui qui nous intéresse aujourd'hui, après avoir atterri sur les bureaux de Scotland Yard. Mais là encore, nous n'avions pas de preuves formelles. Allan Mackenzie vivait comme un ermite dans son château et il était presque impossible de l'approcher. Tout ce que nous avons pu obtenir était une copie des vieux dossiers papier de la police autrichienne et d'Interpol, avec des relevés d’empreintes digitales et une vieille photo d’identité en noir et blanc.

Parker s’arrêta quelques secondes, le temps de finir sa tasse de thé, puis reprit le fil de son récit.

— Il nous fallait des éléments de comparaison. Comme espéré, vous avez baissé la garde, Günther. Les empreintes que vous avez laissées un peu partout ici-même depuis vendredi soir nous ont permis de vous identifier sans aucun doute possible. Tout comme notre logiciel de reconnaissance faciale, et ce malgré ce qui semble être deux ou trois petites opérations de chirurgie esthétique. N’est-ce pas, Günther ?

Günther insulta les policiers en allemand. Celui qui avait pris les traits d’un Lord écossais un peu bourru, mais sympathique et au bon appétit, laissait désormais apparaître sa véritable personnalité.

Celle d’un homme qui avait tué de sang-froid, et qu’il aurait été préférable d’éviter dans sa jeunesse.

Eleanor avait presque perdu la notion du temps.

Depuis combien de temps étaient-ils tous assis dans la bibliothèque à écouter les révélations de Parker ? Elle n’aurait su y répondre. Trente minutes ? Une heure ? Davantage ?

D'abord l'apparition de Naveen et Parvati, puis leur véritable identité dévoilée ainsi que celle du majordome. La nature réelle de ce simulacre de murder party. Et enfin les accusations apparemment sérieuses envers Craig, puis à l'encontre d'Allan.

Tout tournait autour d'elle.

Elle redoutait le pire…

40

La bibliothèque semblait s'être transformée en salle de tribunal. Même ambiance, même décor lambrissé, mêmes accusations.

Seul le banc des accusés avait été remplacé par des fauteuils disposés en arc de cercle et, pour l'heure, il n'y avait pas d'avocat de la défense.

Eleanor frissonna quand le policier se figea un instant devant elle, après en avoir fini avec Allan. Ou plutôt avec celui qui s'appelait en réalité Günther Hofbauer.

Au fond d'elle-même, elle savait qu'elle n'avait rien à se reprocher. Que pouvait-elle avoir fait de mal ? Elle avait toujours été honnête et les finances de son agence de décoratrice d'intérieur étaient saines. Elle faisait d'ailleurs appel à un expert comptable puisqu'elle détestait les chiffres, et que Tyler était déjà largement occupé avec sa propre activité professionnelle. Son rôle se limitait seulement à quelques conseils.

Mais après tout, comme le cas de Craig Williamson le prouvait, son comptable était-il irréprochable ? Se pouvait-il qu'elle soit complice à son insu de fraude fiscale ? Ce qui expliquerait sa présence à Hissington Hall parmi les autres accusés ?

Toutefois, Kenneth Parker ne lui adressa pas la parole. Il alla se planter devant Shawn Fletcher et Tricia Bennet.

— Shawn et Tricia. Me permettez-vous de vous appeler par vos prénoms ?

— Euh… oui…, répondit la jeune femme, mal à l'aise.

— Bien. Un peu de convivialité. C'est appréciable, n'est-ce pas ?

— Si vous le dites, maugréa le compagnon de Tricia.

— Shawn. Nous avons tous été témoins de votre possession illégale de cannabis.

— C'est pour ma consommation personnelle. Vous allez m'arrêter pour ça ?

— Non, Shawn. Je ne vais pas vous arrêter pour ça. Par contre, pour votre trafic, c'est une autre histoire !

— Mon trafic ?

— Ne jouez pas au plus idiot, jeune homme. Pendant que nous parlons, des agents de la brigade des stupéfiants de Manchester terminent leurs perquisitions à votre domicile, ainsi que dans les locaux de votre société d'import-export.

Le couple échangea un regard. Celui de Tricia semblait signifier un « je te l'avais bien dit » résigné, mais Shawn restait impassible en attendant que Parker énonce d'éventuelles preuves.

Pour l'instant, il ne s'agissait à ses yeux que d'intimidation ou même peut-être de bluff. Pour se défendre, il répliqua calmement :

— Vous n'avez pas le droit de pénétrer comme ça chez nous.

— Vous avez raison. C'est pourquoi nous avons obtenu des mandats. Ceci a pris un peu de temps au milieu d'un week-end, mais ils nous ont été délivrés aujourd'hui, à la première heure.

Shawn changea subitement de couleur.

— Et la pièce de quarante mètres carrés remplie de pieds de cannabis que nous avons trouvée chez vous, c'est aussi pour votre consommation personnelle ?

— Je… nous…, objecta Tricia.

— Ne dis rien !, lui intima sévèrement Shawn.

— Effectivement, rien ne vous oblige à me répondre. Et pour être honnête avec vous, c'est plutôt inutile. Votre réseau a été remonté grâce à certains de vos clients impliqués dans d'autres affaires, qui ont passé un marché avec la police en vous donnant en échange d'un allégement de peine ou d'un abandon de poursuites. Ils vous ont balancés tous les deux, puisque vous êtes concernés à parts égales.

Tricia blêmit à son tour au moment où Shawn éructa :

— Ce n'est que de l'herbe !

— Chez vous, oui. Mais dans votre entrepôt…

Le superintendant reprit sa marche et ses explications.

— Gérer un petit trafic de cannabis auprès des junkies de Manchester pour arrondir vos fins de mois, ce n'est pas très malin. Mais utiliser votre société d'import-export comme couverture d'un trafic de cocaïne avec l'Amérique du Sud, et plus particulièrement la Colombie, c'est d'une autre envergure !

Les dernières marques de résistance disparurent chez Shawn. Ses épaules s'affaissèrent, indiquant sa capitulation.

— Dommage d'utiliser de si belles poteries pour y dissimuler de la drogue ! Et c'est d'ailleurs ce qui a attiré l'attention sur vous : les services des douanes ont d'abord cru qu'il s'agissait d'un trafic d'œuvres d'art. Imaginez leur surprise lorsqu'ils ont découvert des sachets de drogue à l'intérieur !

Shawn et Tricia baissèrent les yeux et gardèrent le silence, acceptant la défaite.

— En ce qui vous concerne, conclut Parker, nous avions déjà toutes les informations nécessaires avant-même votre arrivée au manoir. Nous avions seulement besoin de vous éloigner de Manchester afin de mettre en place les perquisitions.

Tandis que le policier retournait prendre place près de son guéridon, Eleanor réalisa que son mari et elle étaient les seuls parmi les hôtes à ne pas encore avoir été mis en cause ou pointés du doigt.

Tyler fuyait toujours son regard…

41

La stupéfaction provoquée par le fait de découvrir que Naveen et Parvati n'étaient pas morts, puis la succession des révélations dévoilées par Parker avaient complètement occulté un détail important dans l'esprit d'Eleanor.

Ou plutôt, il ne s'agissait pas d'un détail mais d'une véritable énigme : comment, par deux fois, Tyler avait-il pu se tromper en examinant les soi-disant cadavres ? Comment avait-il pu déclarer les Mishra décédés alors qu'il n'en était rien ?

La jeune femme comprenait pour Parker, puisqu'il était lui-même au cœur de cette supercherie. Mais pourquoi Tyler ? Quel rôle jouait-il là-dedans ? Et surtout, pourquoi se retrouvaientils, elle et lui, au milieu de cette bibliothèque remplie de personnes apparemment coupables de graves délits ou de crimes ?

Près d'elle, son mari restait imperturbable, comme en attente.

Le superintendant Kenneth Parker vint alors se placer à proximité de Tyler puis, à la grande crainte d'Eleanor, entama un nouveau monologue. Mais, cette fois, le contenu était différent :

— Cette murder party, continuons de l'appeler ainsi, n'aurait pu être une telle réussite sans le précieux concours de Tyler Waltham.

Le policier se tourna vers Eleanor et continua :

— Chère Eleanor, permettez-moi de vous présenter mes excuses, et les excuses officielles de Scotland Yard, pour avoir impliqué votre mari dans cette histoire, et pour l'avoir obligé à garder le silence.

Eleanor ne comprenait plus rien, ce que remarqua Parker.

— Votre mari était au courant de tout depuis le début. À vrai dire, il fait même partie de notre équipe en tant que fonctionnaire irréprochable des services fiscaux de l'administration britannique. Ce programme, bien que supervisé par Scotland Yard, fait également appel au fisc, au MI-5 et au MI-6 selon les personnes incriminées que nous recevons au manoir.

Son regard se déplaça rapidement vers Craig Williamson, Günther Hofbauer, Shawn Fletcher et Tricia Bennet ; avant de revenir sur Eleanor.

— C'est ainsi que nous avons fait appel à Tyler, puisqu'il est l'un des meilleurs dans son domaine : la traque aux fraudes fiscales. Et si nous avions besoin de lui au manoir ce week-end, c'était aussi pour m'épauler, et pour qu'il soit plus crédible dans son rôle que ne l'aurait été n'importe quel policier. Vous pouvez être fière de lui, Eleanor. Les souvenirs de mes cours de théâtre quand j'étais jeune m'ont bien servi pour mon rôle de majordome, mais chez lui c'est naturel !

La jeune femme soupira et regarda son mari. Ce dernier acceptait enfin de croiser son regard, même s'il avait pour l'instant l'air penaud.

Voilà ce qui expliquait le comportement et les propos parfois étranges de Tyler, et davantage encore son obstination à ne pas croiser son regard depuis le début des confrontations dans la bibliothèque ! Parker reprit son explication :

— Tyler avait pour consigne impérative de ne rien vous révéler. Car il fallait absolument que vos réactions soient également crédibles afin de ne pas éveiller les soupçons des autres participants. Pardon à nouveau pour les moments un peu délicats que vous avez vécus depuis deux jours.

— Mais, et la publicité sur Facebook ? Ça faisait aussi partie du plan ?

— Oui. Nous avons ciblé votre adresse IP comme nous l'avons fait pour les autres, et affiché la publicité sur votre ordinateur. Tyler était déjà au courant quand vous lui en avez parlé. Il devait juste manifester un léger doute afin que sa réaction paraisse vraisemblable. Tout comme il était également prévu de vous confier, le premier soir, qu'il aurait dû être la victime du jeu initial. Croyez-moi, Eleanor, votre mari a très bien joué son rôle. Tout était absolument scénarisé, mais vous comprendrez qu'il ne pouvait pas vous mettre dans la confidence. Tyler est un acteur né ! Il était bluffant quand il m'a assisté pour prendre le pouls des victimes et pour les transporter à la chambre froide.

Il désigna Naveen et Parvati. Eleanor était abasourdie. Son mari avait fait semblant de diagnostiquer les deux décès mis en scène comme dans un de ses romans policiers.

— Et la route barrée ?, intervint Craig, sortant de son mutisme.

— Ah, ça, c'était un coup de bluff !, répondit le policier avec malice. Bien entendu, aucun arbre n'a été déraciné par la tempête et la route est tout à fait praticable à l'heure qu'il est. Tyler et moi avons imaginé cette histoire de route bloquée, tout à fait plausible avec les conditions météo de la région en cette période, et il est simplement parti se promener. Nous pensions, à raison, que personne d'autre n'aurait l'envie d'aller vérifier en raison des conditions de crainte dans lesquelles nous vous avions plongés.

Craig grogna de rage.

— Et la disparition de mon téléphone ?, demanda Eleanor.

— Il s'agissait surtout d'une précaution, afin de rendre impossible la prise de photos du corps de Parvati comme vous l'aviez judicieusement suggéré. Mais aussi d'un élément supplémentaire dans notre volonté de déstabiliser tout le monde. La disparition de votre téléphone, comme celle du corps de Naveen, ou encore le sabotage de la ligne téléphonique et le doute sur la présence éventuelle d'un intrus quelque part à Hissington Hall : tout était calculé pour faire monter la pression. En ce qui concerne votre téléphone, Tyler a discrètement subtilisé la clé dans votre poche quand vous étiez tous les deux devant la fenêtre de la salle à manger, puis il me l'a donnée et je me suis chargé du larcin. J'aurais très bien pu utiliser mon pass, mais faire disparaître votre clé ajoutait encore un peu plus de confusion. Voici votre smartphone, d'ailleurs.

Le superintendant sortit l'objet de sa poche et le donna à Eleanor.

Tyler tendit la main à sa femme en souriant, mais Eleanor mit quelques secondes à accepter le geste et à tendre la main à son tour.

Elle regardait son mari, mais elle ne lui souriait pas. Au fond d'elle-même, elle aurait préféré qu'il lui avoue tout depuis le début, qu'il se confie à elle. Elle aurait joué le rôle, elle aurait été crédible, elle en était certaine.

Au moins, elle n'aurait pas eu à subir les montagnes russes émotionnelles des quarante-huit dernières heures.

Il ne s'agissait pas d'une trahison à proprement parler, mais elle était déçue de ce manque de confiance de son mari envers elle. Déçue par ce qui était, au final, un mensonge.

Car, en effet, Tyler lui avait menti – même si c'était pour la bonne cause – et elle n'y avait vu que du feu…

42

Eleanor était encore perdue dans ses pensées quand un fracas métallique résonna subitement, semblant venir de quelque part sous terre.

Le son devint plus distinct et tous tournèrent la tête vers la salle de contrôle située derrière Parker. Des policiers en uniforme émergèrent de l'escalier en colimaçon, précédés par le bruit de leurs chaussures sur les marches.

Une dizaine d'hommes se tenait maintenant en rang derrière le superintendant, masquant les écrans de la pièce du fond.

— Messieurs, faites votre travail !, annonça Parker.

Les hommes avancèrent dans la bibliothèque, désormais minuscule pour un si grand nombre de personnes, et sortirent des paires de menottes de leur équipement afin de procéder aux arrestations.

— Ce bon vieux Lord Henry Hissington était fortuné et un peu excentrique. Mais il était aussi paranoïaque, et donc plutôt prévoyant. Quand il a fait ériger son manoir sur cet îlot, avec la volonté d'éloigner tout visiteur indésirable de sa propriété, il a aussi fait creuser un tunnel qui passe sous le fleuve et débouche de l'autre côté de la rive, afin de pouvoir quitter Hissington Hall ou y entrer sans être vu. Oh, c'est un peu humide, et il nous a fallu étayer le tunnel par endroits et ajouter cet escalier car celui d'origine, en bois, était complètement pourri. Mais la présence de cette issue secrète a été l'un des éléments déterminants dans le choix de Scotland Yard pour ce lieu.

Craig Williamson, Tricia Bennet, Shawn Fletcher et Günther Hofbauer n'écoutaient déjà plus l'explication de Parker et protestaient tandis que les policiers les menottaient.

— Je conteste mon arrestation !, maugréa l'Autrichien. Vous êtes hors de votre juridiction, Parker, vous ne pouvez pas nous arrêter ! Nous ne sommes pas à Londres !

— Erreur, mon cher ! Ce bâtiment et toute la propriété appartiennent à Scotland Yard. Il s'agit donc de notre juridiction. Et ces officiers, qui vont vous escorter à l'extérieur, font partie de la police du Lancashire. Votre arrestation est donc absolument légale. Mais bien entendu, vous aurez droit à un avocat une fois arrivé au poste de police de Lancaster, qui vous accompagnera pendant votre transfert en Écosse.

Trente minutes plus tard, les hôtes menottés quittèrent le manoir, en protestant toujours pour certains d'entre eux, étroitement encadrés par les policiers.

Devant l'édifice, près de la passerelle en pierre, attendaient deux fourgons Ford Transit de la police locale dans lesquels le comptable fraudeur, le braqueur autrichien et le couple trafiquant de stupéfiants montèrent.

Cordelia Williamson fut guidée vers une Vauxhall Astra. Elle monta à l'arrière avec Parvati Mahanta, et Naveen Mishra prit le volant.

Avant d'être totalement blanchie, et reconnue innocente de toute participation dans les malversations financières de son mari, elle serait encore entendue quelques heures par d'autres enquêteurs.

Les officiers Meredith Higgins, Abigail May et Caroline Arnold, désormais méconnaissables en tenues de policières, suivirent bientôt avec les effets personnels de personnes arrêtées, et s'engouffrèrent dans une autre voiture.

Le cortège de véhicules démarra et s'éloigna tranquillement sur la route de campagne, en direction de Lancaster.

Devant le manoir, ne demeuraient plus qu'Eleanor, Tyler, et le superintendant Parker. Ils attendaient l'arrivée de la Morgan, conduite par Howard.

Le policier et Tyler échangeaient quelques mots à propos du week-end, mais Eleanor restait silencieuse.

Elle n'avait adressé que des banalités à son mari au cours de la dernière heure, partagée entre une foule de sentiments contradictoires.

En un sens, comme l'avait dit Parker, elle était fière de son mari. Ce n'était en effet pas donné au premier venu de tenir un rôle pareil et de réussir à préserver le secret autour d'une opération d'une telle envergure.

D'un autre côté, il lui avait menti, depuis plusieurs semaines, et elle pensait que la franchise caractérisant leur relation avait davantage d'importance pour Tyler qu'une mission liée à son travail.

Mais autre chose la chagrinait. Elle n'arrivait pas à mettre le doigt dessus. Une impression fugace ressentie plusieurs fois au cours du week-end et qui se matérialisait maintenant sans toutefois révéler sa nature… Eleanor soupira en espérant que son malaise s'estompe dès son retour à Londres et dans leur appartement de Baker Street.

Quand le chauffeur arriva quelques minutes plus tard, la jeune femme se retourna et observa une dernière fois Hissington Hall, solide demeure ancrée sur son promontoire au milieu du fleuve Lune.

Elle ne lui trouva plus rien de magique, ni même d'attrayant. Le voyage dans le temps était bel et bien terminé.

43

Une petite dizaine de jours s'était écoulée depuis le retour des Waltham à Londres. Le week-end dans le Lancashire paraissait désormais lointain à Eleanor.

Presque comme un souvenir dont on ne sait plus s'il se réfère à un événement vécu, à un rêve évanescent, ou à un récit qu'on a lu ou entendu quelque part.

Mais le séjour à Hissington Hall, et surtout sa conclusion révélant l'implication secrète de Tyler dans l'organisation de la fausse murder party, laissait encore des stigmates bien réels au sein du couple.

En effet, plutôt que de les avoir rapprochés, les événements les avaient apparemment éloignés.

Eleanor passait ses journées à parcourir Londres entre son agence de décoratrice d'intérieur sur Craven Street, les boutiques de ses fournisseurs et les appartements ou maisons dont elle supervisait le nouvel aménagement.

Tyler, de son côté, avait repris ses fonctions au bureau, le cerveau plongé dans les chiffres, les comptes-rendus et les dossiers fiscaux ; ses déplacements en métro lui offrant quelques dizaines de minutes de lecture avant de rentrer chez eux tel un automate.

Le soir, ils se retrouvaient dans leur appartement et partageaient un plat surgelé passé au four ou une pizza livrée, en échangeant quelques mots sur leurs journées de travail respectives. Mais, depuis leur retour, une sorte de tension ou de gêne régnait lors de leurs discussions. Un trouble proche du non-dit.

Le soir même de leur retour, dans le train qui les ramenait de Lancaster vers la capitale, la jeune femme avait reproché à son mari de ne pas l'avoir mise dans la confidence.

Tyler s'était immédiatement excusé, prétextant qu'il n'avait pas voulu gâcher l'effet de surprise et l'intérêt de ce week-end à son épouse.

Faute de véritable murder party, il estimait qu'ils avaient vécu une aventure palpitante, même s'il reconnaissait que certaines émotions avaient peut-être été un peu fortes.

Et surtout, il lui avait expliqué, comme l'avait fait le superintendant Parker quelques heures plus tôt, qu'il avait été tenu au silence pour le bon déroulement des opérations. Opérations dont le succès avait été total, au demeurant.

Les jours suivants, en apparence, tout était revenu à la normale ou presque. Le sujet et la mystification n'avaient plus été abordés, directement ou indirectement. Le rythme effréné du quotidien avait repris ses droits, et la vie, son cours.

Cependant, Eleanor éprouvait toujours le même sentiment nébuleux et insaisissable. Cette sensation anormale concernant Tyler, qui l'empêchait désormais d'avoir une confiance absolue en lui.

Il n'avait pas été démasqué puis accusé comme Craig Williamson ou les autres mais, en quelque sorte, les ultimes révélations de Parker avaient placé Tyler dans une autre forme de culpabilité aux yeux de sa femme.

Pouvait-elle continuer à le croire quand il rentrait tard du travail ? Ou qu'il affirmait être passé à la librairie ?

Les doutes assaillaient Eleanor, davantage chaque jour, d'autant plus que Tyler affichait face à elle un flegme et une normalité à toute épreuve, qui commençaient à lui taper sur les nerfs.

Par ailleurs, il avait prouvé qu'il pouvait être un très bon acteur.

44

Tyler Watham était confortablement installé dans son bureau. Son agenda était ouvert à la page du jour, jeudi 28 avril 2022.

Une tasse de thé fumait près d'une pile de dossiers et emplissait la pièce d'un subtil parfum de bergamote.

Par la fenêtre, les rayons tièdes du soleil de la fin du mois d'avril octroyaient comme un souffle de bien-être dans cet environnement habituellement dominé par les chiffres, les analyses et la froideur de l'administration fiscale.

Lors de son retour au travail, Tyler avait été chaudement félicité par ses supérieurs pour sa participation active aux opérations menées au manoir. Il s'agissait d'une réussite totale. Kenneth Parker et d'autres pontes de Scotland Yard lui avaient également adressé des emails de congratulations qu'il avait lus avec satisfaction et fierté.

Comme prévu dès l'origine de cette mission secrète, et dans l'optique de son succès, Tyler avait été chargé d'assurer le suivi du dossier Williamson. De la paperasse à compléter, des rapports à rédiger et, plus important encore, une importante somme d'argent à récupérer pour le compte de l'État, sitôt les autorisations bancaires obtenues.

Le numéro du compte caché, domicilié aux Îles Caïmans au nom de Jeremy Paxton, communiqué par Craig à Cordelia s'était révélé être exact, et un montant dépassant les deux millions de livres Sterling attendait tranquillement d'être transféré. Le résultat de plusieurs années d'une fraude aux impôts orchestrée par le comptable malhonnête.

L'accord officiel de transfert bancaire tant attendu venait d'arriver sur l'ordinateur de Tyler par email hautement crypté. Le numéro du compte de Williamson à débiter, une référence de transaction à utiliser et un autre numéro pour le compte bénéficiaire, l'un de ceux du trésor public britannique.

Il ne lui restait plus qu'à saisir ces informations dans un logiciel dédié, et à valider l'ordre d'exécution.

Tyler attrapa sa tasse de thé, avala une gorgée et la reposa sur le bureau. Il se leva pour aller fermer la porte à clé et revint s'asseoir lentement, comme s'il savourait chaque étape du processus en cours et à venir. Tyler croisa les doigts et adressa un sourire à l'écran de son ordinateur, comme s'il s'agissait d'un miroir.

Un sourire que peu de monde lui connaissait. Un sourire qu'il n'avait jamais dévoilé à son épouse, Eleanor. Un sourire carnassier et cupide.

Tyler ouvrit un tiroir à sa droite et en sortit une sacoche contenant son PC portable personnel ainsi qu'un smartphone d'entrée de gamme. Pas son téléphone habituel, mais un modèle prépayé dont lui seul – et une autre personne – connaissaient l'existence. Il alluma les deux appareils puis activa le partage de connexion internet sur le smartphone.

Une fois la connexion établie, Tyler lança le navigateur internet sur l'ordinateur portable et tapa l'adresse d'un obscur site bancaire basé au Panama. Il s'identifia rapidement. Quelques secondes plus tard, il renseigna le numéro de compte de Williamson en tant que compte à débiter, mais il renseigna un numéro inconnu en tant que bénéficiaire, qui n'avait absolument rien à voir avec celui qui lui avait été fourni quelques minutes auparavant.

Tyler scruta l'écran quelques instants, pensif. Allait-il franchir le pas ? Tellement de choses étaient en jeu. Il pesa le pour et le contre, pensa aux bouleversements à venir, à tout ce qui allait radicalement changer dans sa vie. Il hésita et effaça même les informations saisies. Il ferma les yeux quelques secondes pour faire le point.

Soudain, un nouveau sourire illumina son visage et il ouvrit les yeux. Puis il retapa les numéros de compte, respira profondément et cliqua finalement sans remords sur le bouton de virement immédiat.

Dans un nouvel onglet du navigateur, Tyler renouvela la même opération via un autre site internet. Cette fois en faisant transiter l'énorme somme depuis la banque panaméenne vers un établissement situé aux Bermudes.

Il répéta encore la chose, afin de brouiller les pistes et en fractionnant les montants. Il fit voyager les transactions bancaires par les Philippines, les Îles Fidji, les Samoa américaines, le Venezuela et enfin Trinité-et-Tobago.

Les deux millions amassés par Craig Williamson étaient désormais arrivés, par cet habile tour de passe-passe, sur un compte bancaire domicilié à Port-d'Espagne, la capitale de Trinité-et-Tobago. Le compte en question avait était ouvert quelques années plus tôt par un certain Michael Thomas ; identité fictive inventée par Tyler Waltham.

Le solde du compte, précédemment alimenté selon les mêmes procédés, frôlait désormais les cinq millions de livres Sterling.

Tyler effaça l'historique internet sur l'ordinateur portable, l'éteignit et le rangea. Il prit le smartphone et consulta le répertoire pour envoyer un SMS.

Le répertoire ne contenait qu'une seule entrée : un numéro de téléphone correspondant également à un appareil prépayé et simplement enregistré sous l'intitulé « C. ».

45

La jeune femme était lovée sur son canapé, un livre à la main, quand le téléphone portable posé sur la table basse vibra. Un coup d'œil à l'écran lui indiqua qu'elle venait de recevoir un SMS de la part de « T. ».

Elle inséra le marque-page dans son livre, le posa sur la table et saisit le smartphone ; qu'elle avait allumé quelques heures plus tôt, dans l'attente de ce message.

Coulissant son doigt sur l'écran, elle afficha la conversation.

T. : Coucou toi ! Mission accomplie.

J'ai reçu les infos il y a quelques

minutes, et je viens d'effectuer
le transfert. Tout est prêt.

La jeune femme accueillit la nouvelle avec jubilation et tapota sur le smartphone pour répondre à « T. ».

C. : C'est génial ! Nous y
sommes enfin ! Tu es
un génie, je t'aime !!!

T : N'oublie pas que je
suis un grand amateur
d'intrigues et de romans
policiers, ça aide ! Mais
c'est surtout grâce à toi
que j'ai fait tout ça.

C : Oh, c'est trop chou !
Qui aurait pensé qu'un
tel aventurier se cachait
derrière cette apparence
de bureaucrate ?
(Je te taquine mon amour).

T : Oui, les apparences sont
parfois trompeuses... Et sinon,
tu as pu obtenir les billets d'avion ?

C : Oui, c'est fait. Nous
décollons à Heathrow
ce soir à 19h40.

T : Parfait, je serai à
l'heure. Je t'aime.

C : Je t'aime aussi,
à tout à l'heure.

Surexcitée, la jeune femme laissa glisser le téléphone à ses côtés sur le canapé.

Arrivée à l'ultime phase du projet imaginé avec son complice, elle se remémora comment tout avait commencé.

Une visite dans un des services de l'administration fiscale à Londres pour y amener un dossier à la demande de son mari, comptable à Watford.

Son époux était également son patron, puisqu'elle officiait pour lui en tant que secrétaire. Il la croyait stupide, mais elle ne l'était pas.

Même si elle n'était pas aussi à l'aise que lui avec les chiffres, elle avait bien remarqué que son mari trafiquait les déclarations d'impôts de la plupart de ses clients, en gonflant les sommes à déclarer au fisc ; ce qui lui permettait d'empocher un magot non négligeable au passage.

Son mari était nettement plus âgé qu'elle, et elle cherchait depuis un moment le moyen de s'en débarrasser, tout en mettant la main sur l'argent, bien entendu.

L'occasion s'était soudainement présentée suite à cette fameuse visite.

Elle devait remettre le dossier de son mari à un certain Vincent Marston. Se trompant de bureau, elle s'était trouvé nez à nez avec un autre employé nommé Tyler Waltham.

Tyler était plutôt agréable à regarder. Un style intello chic, un bel homme bien plus jeune que son époux. Elle avait tout de suite constaté, à sa réaction mal dissimulée, qu'il avait flashé sur elle, malgré l'alliance qu'il portait à sa main gauche. Mais elle n'en avait rien laissé paraître et s'était rapidement rendue au bureau de Marston.

Quelques jours plus tard, elle avait reçu un appel de Tyler, qui ne fut pour elle qu'une demi-surprise. Il voulait la revoir.

Il avait appris son nom par son collègue et avait obtenu son numéro de téléphone. Il savait qu'elle était – elle aussi – mariée, mais il voulait malgré tout la revoir. Ce qui fut fait peu de temps après, en terrasse d'un café près du lieu de travail de Tyler. Ils sympathisèrent immédiatement.

Rapidement, Tyler et elle devinrent amants. Ils se voyaient souvent en fin de journée ; la plupart du temps dans des hôtels situés le long de la M1 à mi-chemin entre Watford et Londres, quand son mari restait à son bureau et que Tyler prétextait devoir travailler tard et envoyait un SMS à sa femme pour s'excuser de son retard.

Puis un jour, Tyler lui annonça qu'il voulait quitter Eleanor pour vivre avec elle. Il lui révéla également, pour preuve de ses intentions, qu'il avait, depuis quelques années, détourné de l'argent public ; mis de côté sur un compte bancaire dans un paradis fiscal.

Il était tellement doué pour faire disparaître ces sommes, et effectuait si bien son travail en parallèle, qu'aucun soupçon n'avait jamais plané sur lui. Ses supérieurs avaient une confiance aveugle en son intégrité professionnelle alors que, dans leur dos, il amassait une petite fortune au détriment des contribuables, d'entreprises du pays et du fisc.

Tel un rarissime alignement de planètes, le bon moment était enfin arrivé pour Cordelia Williamson...

Craig Williamson croyait son épouse stupide. Il la pensait aussi fidèle.

Là encore, il se trompait. Car, avant de faire la connaissance fortuite de Tyler et de le séduire, Cordelia avait également été la maîtresse épisodique d'un haut fonctionnaire ; rencontré, une fois de plus, dans le cadre de ses fonctions professionnelles de secrétaire de son mari.

Cet homme était chargé de mettre en place un dispositif inédit et inventif pour permettre de confronter et arrêter des criminels ou auteurs de délits qui passaient entre les mailles du filet d'enquêtes traditionnelles. Mais il ne savait pas trop comment s'y prendre et le projet stagnait.

Il en avait fait la confidence à Cordelia sur l'oreiller lors d'un moment de faiblesse.

Cordelia décida alors de mettre à profit cette information après l'avoir exposée à Tyler et imaginé avec lui un concept de fausse murder party. Par précaution autant que par calcul, elle avait évidemment caché à Tyler la nature intime de sa relation avec le haut fonctionnaire.

L'objectif était simple : profiter de cette inespérée initiative du gouvernement pour faire tomber son mari, puis récupérer l'argent du compte caché dont elle ignorait le numéro avec l'aide de Tyler, et s'enfuir ensemble à l'étranger sous de fausses identités.

Pour cela, elle avait un atout décisif qu'elle exposa à l'homme en charge du dispositif. Enfant, elle avait visité la propriété de son grand-père, magnat de la presse dans les années soixante-dix. Un manoir situé près de Lancaster, au nord du pays, perdu au beau milieu de la campagne et désormais laissé à l'abandon. Le lieu idéal.

Ne resta plus à Cordelia qu'à suggérer – le mot était faible – le nom de Tyler comme complice de la fausse murder party, et à attendre que le piège se referme sur son mari.

Cordelia savourait désormais la réussite du plan machiavélique établi avec Tyler.

Tous dans leur entourage n'avaient été que des pions. Le haut fonctionnaire, le superintendant Kenneth Parker et ses collègues, Craig, Eleanor, les autres participants inculpés de crimes et délits.

Les deux amants avaient joué leurs rôles à la perfection.

Avant le week-end, pendant, et depuis.

Tyler, après avoir reçu le dernier SMS de Cordelia, retira une feuille blanche dans le tiroir de son imprimante, s'empara d'un stylo et s'appliqua à écrire un court texte à la main, qu'il signa du diminutif « Ty ».

Sa missive achevée, il la glissa dans une enveloppe et inscrivit dessus le prénom d'Eleanor et l'adresse de l'appartement de Baker Street.

Depuis le téléphone fixe de son bureau, il appela un service de coursier. Quand l'homme arriva à son bureau une quinzaine de minutes plus tard après avoir traversé les rues de Londres à vélo, Tyler lui confia la lettre en lui demandant de la délivrer à l'adresse indiquée le soir même, mais après vingt heures, et lui paya un généreux pourboire.

Puis, comme à son habitude, il envoya un SMS à Eleanor depuis son smartphone officiel pour lui dire qu'il rentrerait tard du travail, probablement après vingt-et-une heures.

46

Eleanor ne fut pas surprise en recevant le SMS de son mari. Elle lui répondit d'un laconique et simple « OK », comme elle le faisait parfois auparavant lorsqu'elle était plongée dans le travail ; et comme elle le faisait systématiquement depuis le week-end à Hissington Hall, même si elle bénéficiait de plus de temps pour répondre.

De toute manière, peu lui importait. Il lui restait encore un devis à finaliser et à expédier à un client.

En comptant ensuite le trajet de Craven Street jusqu'à Baker Street, elle n'arriverait elle-même à l'appartement que vers vingt heures. La jeune femme posa son téléphone sur son bureau, se concentra à nouveau sur son travail, et oublia presque aussitôt le message de Tyler.

L'avantage, en quittant son agence plus tard, était que le plus gros de la circulation provoquée par la sortie des bureaux s'était déjà dissipé. Les salariés aux horaires standards étaient soit rentrés chez eux, soit en train de boire une bière au pub avec d'autres collègues.

Eleanor se gara dans Baker Street quelques minutes avant vingt heures et gagna l'appartement sans traîner. Fin avril, la chaleur ne s'était pas encore abattue sur la capitale britannique, mais elle fut tout de même heureuse de se débarrasser du tailleur qu'elle avait porté toute la journée en raison de plusieurs rendez-vous avec des clients plutôt *select*.

En sous-vêtements, elle se dirigeait vers la salle de bain en espérant savourer une bonne douche quand l'interphone sonna. Eleanor n'attendait personne, et le gardien, qu'elle avait croisé en pénétrant dans l'immeuble, lui avait déjà remis le courrier du jour.

Elle alla appuyer sur le bouton situé près de la porte.

— Madame Eleanor Waltham ?

— Oui ?

— Street Stream. J'ai un courrier à vous remettre en main propre.

— Euh… d'accord, hésita Eleanor avant de marquer un blanc.

— Pouvez-vous m'ouvrir ?, demanda le coursier pour briser le silence.

Eleanor n'ajouta rien d'autre et pressa la commande d'ouverture de la porte de l'immeuble avant de se diriger vers la chambre pour enfiler un pantalon de jogging et un sweat.

Deux minutes plus tard, le coursier frappa à la porte de l'appartement du troisième en annonçant « Street Stream ». Eleanor entrouvrit la porte et saisit l'enveloppe tendue par l'homme. Ce dernier la salua après lui avoir fait signer un formulaire et rebroussa chemin vers les escaliers.

Toujours sur le pas de la porte, Eleanor tenait l'enveloppe dans la main gauche. Elle avait reconnu l'écriture de Tyler sur le papier kraft. Les pas rapides et sonores du coursier dans l'escalier la tirèrent de son bref instant d'étonnement et elle referma la porte.

Sentant que quelque chose d'anormal se tramait – pourquoi Tyler lui avait-il fait parvenir un courrier alors qu'il lui avait envoyé un SMS deux heures plus tôt ? – elle préféra s'asseoir au salon avant d'ouvrir le pli.

Elle déplia la feuille extraite et lu rapidement les quelques lignes laissées sur le papier par une écriture nerveuse ne trahissant aucun signe d'hésitation. La jeune femme poussa un cri aigu et laissa tomber le document, avant de le ramasser et de le relire plus doucement, dans l'espoir vain que le texte soit différent.

La lettre de son mari, brève mais sans équivoque, était la suivante :

« Ellie,

Je suis désolé de t'annoncer ça de cette manière, mais je vois quelqu'un d'autre. Je te quitte.

Je quitte aussi le pays : à l'heure où tu liras ces lignes, je ne serai déjà plus en Angleterre. N'essaie pas de me retrouver, tu n'y arriveras pas, personne ne le pourra.

Garde tout, je n'ai besoin de rien. Tu peux faire prononcer un divorce à mes torts. Comme j'ai fui, ça ne devrait pas être trop compliqué.

Prends soin de toi, je t'ai aimée.

Ty. »

47

Eleanor crut défaillir en relisant la lettre de Tyler. C'était impossible ! D'accord, ils traversaient une petite période trouble depuis leur retour à Londres, mais quel couple ne connaissait pas ce genre d'épisode ?

Était-ce une raison suffisante pour tout plaquer ? Pour la quitter ? Avait-elle dit ou fait quelque chose de mal qui avait provoqué la décision de Tyler ? Malgré ces interrogations, et connaissant son mari, Eleanor savait qu'il ne s'agissait pas d'une blague. Tyler était sérieux.

Était-ce parce qu'elle n'avait pas répondu favorablement au désir d'enfant de Tyler ? Ou pire : avait-il une maîtresse ? Si oui, depuis quand ? À quel point lui avait-il caché des choses depuis toutes ces années ?

Eleanor sentit les larmes lui monter aux yeux. Elles coulèrent bientôt sur ses joues avant de s'écraser sur la feuille de papier qu'elle tenait entre ses mains et dont elle essayait de relire le contenu pour la troisième fois. Regrettant la distance, les tensions et les doutes des derniers jours, elle se sentait anéantie et dévastée par cette annonce brutale.

Puis, en l'espace de quelques secondes, elle ressentit de la colère. Plus fort encore, de la rage. Tyler avait fui sans même oser l'affronter, sans avoir eu le courage de lui dire en face qu'il la quittait.

Eleanor se leva, envoya valser la lettre et l'enveloppe au sol et se dirigea vers le bureau de son mari. Il ne manquait rien où presque dans la pièce où il passait une partie de son temps libre.

Deux choses seulement manquaient à l'appel : l'ordinateur portable de Tyler, et une série d'une douzaine de romans policiers rares que la jeune femme avait offerts à son époux l'année précédente pour leur cinquième anniversaire de mariage.

Cette découverte lui confirma que Tyler ne plaisantait pas.

Autant par colère que par chagrin, Eleanor explosa. Elle renversa au sol tout ce qui se trouvait encore sur le bureau de Tyler – pot à crayons, carnets, lampe, chargeur de téléphone – puis attrapa dans la bibliothèque les premiers livres qui lui tombèrent sous la main et les jeta sauvagement à travers la pièce. Elle claqua la porte et retourna s'asseoir dans le canapé en pleurant.

Eleanor resta prostrée de la sorte le reste de la soirée, perdue dans ses pensées. Sans prêter attention à l'heure et sans manger.

Quand elle réalisa enfin qu'il faisait nuit depuis plusieurs heures, elle se dirigea comme un zombie dans la chambre à coucher du couple, qu'elle occuperait désormais seule, mais elle ne ferma presque pas l'œil du reste de la nuit.

Le lendemain matin, après avoir brièvement somnolé sous l'effet de l'émotion et de l'épuisement, elle se réveilla et pensa d'abord à un cauchemar. Mais la lettre froissée sur le sol du salon la ramena à la dure réalité.

Eleanor appela le bureau de son mari. On lui répondit qu'il avait posé quelques jours de congés la veille avant de partir, prétextant une urgence familiale. Personne ne l'avait revu depuis.

Elle tenta d'appeler sur son téléphone portable, mais la messagerie se déclenchait aussitôt, indiquant que l'appareil était éteint. Elle lui envoya un message sur Messenger. Le message fut correctement délivré mais, même après plusieurs heures, l'icône de lecture restait grisée.

Eleanor vérifia les comptes en banque. Tyler avait vidé son compte personnel, mais il n'avait pas touché au compte courant ni à leur épargne. Maigre consolation.

Vers quinze heures, le téléphone d'Eleanor sonna. Elle se précipita dessus en espérant apercevoir le prénom de Tyler. Mais un numéro inconnu s'afficha sur l'écran.

Elle décrocha en prenant sur elle-même et en contrôlant sa voix autant que possible, pensant à un appel professionnel. Elle n'avait pas eu la force et le courage de se rendre à son agence et un client cherchait peut-être à la joindre.

Contre toute attente, il s'agissait de l'administration fiscale britannique. Plus précisément du supérieur hiérarchique direct de son mari.

Il appelait Eleanor pour l'informer de la découverte quelques heures plus tôt d'une fraude massive orchestrée par Tyler. Dont le vol de l'argent détourné par Craig Williamson, qui n'était pas arrivé la veille sur le compte du trésor public et avait déclenché plusieurs alarmes de contrôle puis une enquête immédiate sur les transactions effectuées par Tyler Waltham.

L'homme informa également Eleanor qu'un véhicule était en route pour Baker Street pour la conduire dans les locaux de la brigade financière.

Elle y serait entendue, dans un premier temps, en tant que témoin avant qu'il soit éventuellement décidé de la placer en garde à vue pour complicité de fraude fiscale et détournement de fonds publics.

Le monde s'écroulait incontestablement autour d'Eleanor.

48

La télévision était allumée, mais le son était en sourdine. Sur l'écran, un reportage de Channel 4 revenait sur les grands moments du Jubilé de platine de la Reine Elisabeth II, à peine terminé.

Eleanor était assise – ou plutôt affalée – dans le canapé du salon, une tasse de thé dans une main et un magazine sur ses genoux, et ce dimanche 5 juin aurait pu ressembler à n'importe quel autre dimanche avec Tyler à ses côtés.

Sauf que son mari n'était pas là.

Tyler avait quitté le pays cinq semaines plus tôt, et surtout, il l'avait quittée, elle. Eleanor n'avait pas beaucoup plus de réponses à ses questions qu'en cette fatidique soirée du 28 avril. Tout au moins sur le plan personnel.

Car sur le plan professionnel, elle avait appris dès le lendemain que son mari – pourtant reconnu comme un fonctionnaire irréprochable – avait trompé ses collègues et ses supérieurs en fraudant massivement et en se constituant un épais matelas dissimulé sur un compte *offshore*.

Son coup le plus récent, son ultime coup avant de se mettre au vert, fut le détournement à son profit des sommes que Craig Williamson avait lui-même volées en falsifiant les déclarations d'impôts de ses clients.

Depuis, Tyler demeurait introuvable. S'il avait réellement quitté l'Angleterre, ce qui restait à prouver, il avait voyagé sous une fausse identité. La police avait vérifié minutieusement chaque vol ayant quitté le territoire depuis la fin du mois d'avril, sans succès. Idem pour les bateaux de croisière.

En raison de cette absence, les soupçons, les doutes, et même les accusations étaient retombés sur Eleanor.

Elle avait été entendue plusieurs heures par la brigade financière le jour même de la découverte des transactions frauduleuses de Tyler, mais ses réponses et les faits l'avaient vite disculpée. Et une garde à vue plus formelle ne fut pas nécessaire.

En arrivant au Metropolitan Police Service de Camden, sur Greenland Road, elle avait eu le droit d'appeler une amie avocate. Cette dernière, en acceptant de s'occuper des procédures de divorce à venir puisqu'il s'agissait d'une de ses spécialités, lui avait toutefois envoyé dans la minute un confrère réputé dans les affaires fiscales et financières pour l'assister et lui servir de conseiller juridique pendant l'échange avec la police.

À la grande surprise d'Eleanor, ce fut le superintendant Kenneth Parker qui hérita du dossier et fut dépêché sur place par Scotland Yard. Il semblait tout autant abattu et déçu qu'Eleanor.

Parker, finalement convaincu de l'innocence totale de la jeune femme – et compatissant avec sincérité pour les épreuves qu'elle allait prochainement traverser – décida de la laisser repartir libre en début de soirée.

Eleanor s'efforça de ne pas se laisser abattre, de reprendre sa vie en main et de se concentrer sur son travail.

Pendant près de deux semaines, elle repoussa les nombreux journalistes qui la harcelaient au téléphone, en bas de chez elle, devant son agence, et même lorsqu'elle se rendait chez des clients. Puis, des gros titres en chassant d'autres, l'intérêt de la presse pour le hold-up en col blanc de Tyler et pour sa discrète épouse décoratrice d'intérieur s'estompa rapidement. Elle pouvait désormais circuler librement et anonymement dans Londres.

Eleanor envisagea brièvement de déménager. Mais l'appartement de Baker Street lui plaisait réellement et, désormais seule, elle redoutait de trouver aussi bien pour un loyer modeste.

À la place, elle décida de revoir la décoration de certaines pièces afin d'atténuer les souvenirs de la présence de Tyler, et surtout de se débarrasser de toutes les affaires du fuyard. Elle donna les chemises, pantalons, costumes et pulls à l'Armée du Salut, et offrit les livres à l'organisation caritative Barnardo's.

Elle fit repeindre le bureau en rose poudré et y stocka des catalogues et échantillons de tissus et de papier peint.

Le reportage télévisé consacré à Elisabeth II touchait à sa fin quand le téléphone d'Eleanor sonna sur la table basse. Elle jeta un œil à l'écran et fut surprise d'y apercevoir, un dimanche après-midi, le prénom d'Alicia, son amie et avocate.

49

Eleanor posa son mug avec précipitation sur la table, laissa le magazine tomber sur le sol, attrapa son smartphone et décrocha à la troisième sonnerie.

— Allo ?

— Salut Ellie, c'est Alicia ! Je ne te dérange pas j'espère ?

Eleanor se retint de protester en entendant ce diminutif qu'elle détestait déjà quand Tyler l'utilisait, et qu'elle avait désormais en horreur.

— Euh, non. Je suis vautrée devant la télé.

— Devant la télé ?, coupa Alicia.

— Oui, pourquoi ?

— Vite ! Quoi que tu sois en train de regarder, change de chaîne et mets Sky News !

Intriguée, Eleanor coinça l'appareil entre son épaule gauche et son oreille et tendit le bras pour saisir la télécommande. Elle restaura le son puis fit défiler les canaux jusqu'à arriver sur celui de la chaîne d'informations en continu.

Sa stupéfaction fut totale en lisant le bandeau d'alerte info situé en bas de l'écran : *« Tyler Waltham arrêté à Trinité-et-Tobago »*.

Un cri à peine étouffé informa Alicia qu'Eleanor était sur la bonne chaîne.

— Je te laisse regarder, on se rappelle tout à l'heure.

— D'accord, répondit Eleanor d'une voix blanche avant de raccrocher, de laisser tomber son téléphone sur un coussin et d'augmenter le volume de la télévision.

Une journaliste à la dentition et au maquillage parfaits occupait le quart gauche de l'écran, tandis que des images passaient en boucle sur la partie droite.

Tyler, la mine sombre, apparaissait menotté et entouré de membres des forces de l'ordre de Trinité-et-Tobago. À ses côtés, une grande et jeune femme blonde, l'air superficiel mais outrée, et vêtue d'un haut rouge : Cordelia Williamson.

Eleanor poussa un nouveau cri, qu'elle ne chercha pas à réprimer. Cordelia Williamson !

Soudain des souvenirs du week-end au manoir lui revinrent à l'esprit. Ses vagues sensations de malaise et ses doutes sur le comportement de Tyler.

Elle se rappela le ton si peu naturel adopté par son mari quand il lui avait dit avoir croisé Cordelia sans maquillage dans le couloir. Puis les soi-disant heures tardives de travail au bureau ! Et enfin la lettre annonçant qu'il la quittait !

Tout s'expliquait désormais ! Quelle garce, et quel enfoiré !

La colère monta en elle, mais Eleanor essaya de garder la maîtrise d'elle-même. Elle poussa le son presque au maximum, et tant pis pour les voisins.

« Nous venons d'apprendre l'arrestation de Tyler Waltham qui, souvenez-vous, a fui l'Angleterre il y a quelques semaines après avoir détourné plusieurs millions de livres Sterling.

L'arrestation s'est déroulée ce matin à Port-d'Espagne, la capitale de Trinité-et-Tobago, où le fugitif s'est réfugié sous une fausse identité, Michael Thomas.

Au moment de son interpellation, Tyler Waltham était accompagné de la jeune femme que vous pouvez apercevoir sur ces images. Il s'agirait de sa complice, et apparemment maîtresse, Cordelia Williamson.

Notre consultant justice nous confirme que cette arrestation a été rendue possible grâce à la collaboration gardée confidentielle de Craig

Williamson avec le procureur. Il s'agit du mari de Cordelia Williamson, lui-même accusé de fraude fiscale. Ses informations auraient permis de localiser la jeune femme, ainsi que Tyler Waltham par la même occasion.

Restez à l'écoute de Sky News. Nous reviendrons dans quelques instants sur les derniers développements de cette affaire qui a secoué l'administration britannique et les services fiscaux du pays depuis plusieurs semaines. »

Le téléphone d'Eleanor sonna plusieurs fois pendant la coupure publicitaire. Un SMS de son avocate, et d'autres de journalistes qui n'avaient pas perdu une minute pour se manifester. Elle le régla sur silencieux pour ne pas être dérangée tandis que le flash info reprenait.

« Bienvenue sur Sky News, avec Sarah-Jane Mee. Comme nous vous l'annoncions à l'instant, Tyler Waltham, le présumé responsable d'un détournement massif d'argent public, a été arrêté aujourd'hui à Trinité-et-Tobago, sous une identité fictive, en compagnie de sa maîtresse Cordelia Williamson, également impliquée dans cet important cas de fraude.

Avant d'écouter notre correspondant Sky News sur place, revenons sur ce que certains ont appelé le Murder Party gate, quand l'affaire a éclaté le 29 avril 2022. »

Un reportage déjà multi-diffusé au cours des dernières semaines occupa l'écran, le temps que le journaliste envoyé à Port-d'Espagne se prépare pour passer à l'antenne. Il expliquait des faits qu'Eleanor ne connaissait désormais que trop bien.

Le concept de murder party mis en place par le gouvernement afin d'arrêter des criminels et auteurs de délits importants qui échappaient à toute enquête classique, avec le concours de Scotland Yard, des services fiscaux, du MI-5, et même du MI-6.

Les arrestations suite à la session d'avril à laquelle elle avait elle-même participé.

Puis, ce qui avait rendu l'affaire publique, et les murder parties désormais caduques et inutilisables : l'incroyable détournement opéré par Tyler au nez et à la barbe de tous.

Quand le direct reprit, Eleanor, au bord de la nausée, préféra éteindre la télévision.

Elle en avait assez entendu, et elle connaissait désormais le fin mot de l'histoire ; les raisons pour lesquelles Tyler l'avait quittée.

Toutes les raisons.

ÉPILOGUE :
Le dernier problème

« Moi seul connais l'absolue vérité sur cette affaire, et je me réjouis de constater qu'il n'y a désormais plus de raison de la taire. »

Le dernier problème (1893)
Sir Arthur Conan Doyle

50

Noël approchait à grands pas. Eleanor Sherrinford – elle avait repris son nom de jeune fille même si le divorce n'avait pas encore été prononcé – pensait au réveillon, qu'elle passerait cette année avec Alicia et son mari.

Son amie et avocate l'avait invitée afin qu'elle ne reste pas toute seule à se morfondre et, promis, elles ne parleraient pas des affaires. Ni du divorce en cours, ni du procès imminent de Tyler, prévu en janvier 2023.

Savourant quelques jours de repos, et l'esprit occupé par les fêtes de fin d'année, Eleanor ne regardait plus les informations télévisées et ne lisait plus les journaux depuis l'automne ; période au cours de laquelle son mari avait été extradé vers la Grande-Bretagne après quelques mois passés en cellule à Trinité-et-Tobago. Internet restait sa seule source d'information occasionnelle concernant l'affaire Tyler Waltham, en complément des appels réguliers et concis d'Alicia.

C'est d'ailleurs par ce média qu'elle venait à l'instant de prendre connaissance des jugements prononcés quelques jours plus tôt envers Günther Hofbauer (qu'elle avait connu sous le nom d'Allan Mackenzie), Shawn Fletcher et Tricia Bennet, et Craig Williamson ; avant de consulter d'autres sites internet.

Craig Williamson, en collaborant avec la justice, avait vu sa peine réduite de douze à sept ans de détention. S'il se conduisait bien en prison, ce qui ne faisait aucun doute, il sortirait au bout de cinq ans. Il s'en sortait bien, mais il était ruiné. Il avait également été condamné à payer de très lourdes amendes au fisc, et à rembourser intégralement les anciens clients qu'il avait spoliés, en plus des dommages et intérêts. Quant à sa femme, Cordelia, elle serait jugée en même temps que Tyler et risquait au final plus gros que Craig.

Shawn et Tricia avaient été lourdement condamnés pour trafic de drogue. Derrière leur apparence quelconque, ils étaient à la tête d'un véritable empire des narcotiques, qui arrosait Manchester en cocaïne. Des circonstances aggravantes avaient été requises quand des cas avérés d'overdoses provoquées par leur marchandise étaient venus s'ajouter aux simples, mais déjà graves, accusations de trafic. Respectivement vingt-cinq et vingt-deux ans en cellule furent requis par l'avocat général, et confirmés par le jury.

Quant à Günther Hofbauer, son jugement se déroula à Vienne, en Autriche, après y avoir été extradé par la justice britannique et les services d'Interpol. La loi autrichienne empêchait de le juger pour les braquages – il y avait prescription pour ce type de délits – mais pas pour les assassinats d'otages. Malgré son âge avancé, il fut condamné à la prison à perpétuité avec une période de sûreté de quinze ans. Ce qui garantissait presque un enfermement jusqu'à son dernier souffle.

L'astucieux dispositif de murder party s'arrêta. Dévoilé au public, il n'avait plus aucune chance d'attirer dans ses filets des fraudeurs, criminels ou trafiquants dont le goût pour le risque ou la tentation était le moindre de leurs défauts.

L'enquête préliminaire autour de Tyler et Cordelia révéla l'implication plus importante que prévu de celle-ci dans la création du concept. Sa liaison secrète avec l'un des initiateurs du projet, sa filiation avec l'ancien propriétaire de Hissington

Hall dans les années soixante-dix, et les machinations qui, avec la complicité de Tyler Waltham, devaient permettre de faire tomber son mari pour fraude fiscale tout en empochant au passage son magot.

La propriété située sur l'îlot, près de Lancaster, fut revendue à un groupe privé ; avec l'objectif d'y organiser, cette fois, de véritable murder parties en surfant sur l'intérêt du public pour cette affaire.

Eleanor, emmitouflée dans un gros pull en laine, quitta le site internet de la BBC sur lequel elle avait lu ces informations détaillées et se connecta sur dating.com, un site de rencontre conseillé par Alicia. Son amie souhaitait qu'Eleanor renoue avec le monde et, pourquoi pas, refasse sa vie.

Plusieurs notifications d'hommes intéressés par son profil l'attendaient. Elle en supprima plusieurs, puis s'attarda sur la présentation de l'un d'entre eux. Un séduisant célibataire. À peine plus âgé qu'elle, sans enfants, professeur d'arts appliqués et de design en université.

Puis elle cliqua sur un lien pour afficher la liste de ses passions. La première de la liste était : « lecture de romans policiers ».

Eleanor supprima la notification avec empressement, se déconnecta et éteignit son ordinateur.

PAR LE MÊME AUTEUR :

Terre Brûlée – Tome 1 (2021)

Les multiples vies de John Smith (2021)

Terre Brûlée – Tome 2 (2022)

Tous disponibles en livre papier
et en ebook sur Amazon.

PROCHAINEMENT :

Terre Brûlée – Tome 3 (prévu en 2023)

CRÉDITS / MENTIONS COMPLÉMENTAIRES

Idée originale : août 2021.
Roman écrit entre le 1er mai et le 7 juillet 2022.
Mise en page, couverture et auto-édition : Ludovic Marin.
Couverture conçue en utilisant des ressources graphiques libres de droit de Pixabay.com.

 Les références géographiques, culturelles, climatiques, architecturales ou historiques citées dans cette œuvre sont, dans leur immense majorité, réelles et véritables. Seules exceptions notables : l'îlot sur le fleuve Lune se situe en réalité dans la banlieue de Lancaster et non en pleine campagne, et aucun manoir ne s'y trouve.

Pour suivre mon actualité et découvrir mes livres :

www.facebook.com/LudovicMarinAuteur

www.instagram.com/ludovic.marin.auteur

ludomarin78.wixsite.com/ludovic-marin-auteur